contar
de 7
en 7

GRANTRAVESÍA

Holly Goldberg Sloan

contar
de 7
en 7

GRANTRAVESÍA

CONTAR DE 7 EN 7

Título original: *Counting by 7s*

© 2013, Holly Goldberg Sloan

Traducción: Javier Elizondo
Diseño de portada: Theresa M. Evangelista
Ilustraciones de portada: David Malan / Getty Images;
                           Kletr / Shutterstock
Fotografía de la autora: Gary Rosen

D.R. © Editorial Océano, S.L.
Milanesat 21-23, Edificio Océano
08017 Barcelona, España
www.oceano.com

D.R. © Editorial Océano de México, S.A. de C.V.
Blvd. Manuel Ávila Camacho 76, piso 10
11000 México, D.F., México
www.oceano.mx
www.grantravesia.com

Primera edición: 2015

ISBN: 978-607-735-665-3
depósito legal: B-17864-2015

HECHO EN MÉXICO / *MADE IN MEXICO*
IMPRESO EN ESPAÑA / *PRINTED IN SPAIN*

9004083010715

Para Chuck Sloan
y
Lisa Gaiser Urick
2 de 7...

Capítulo 1

Willow Chance

Un genio dispara a algo
que nadie más puede ver, y le da

～✺～

Nos sentamos juntos afuera de Fosters Freeze en una mesa de picnic color verde mar, de metal.

Los cuatro.

Comemos helado servido en un tazón de chocolate (que primero sirven derretido y después se endurece y forma una concha crujiente).

No le digo a nadie que esto lo consiguen poniéndole cera. O, para ser más precisos: cera comestible.

Cuando el chocolate se enfría, hace prisionera a la deliciosa vainilla.

Nuestro trabajo es liberarla.

En general no me como los conos del helado. Pero cuando lo hago, me obsesiono de tal manera que soy capaz de prevenir incluso una gota de desorden.

Pero hoy no.

Estoy en un lugar público.

Ni siquiera pongo atención.

Y mi cono de helado es un enorme desastre chorreante.

Ahora mismo soy alguien que para otras personas sería interesante observar.

¿Por qué?

Antes que nada, estoy hablando vietnamita, que no es mi "lengua materna".

Me gusta mucho esa expresión porque, en general, creo que la gente no le da a este músculo que se contrae, el crédito por todo lo que hace.

Así que, gracias lengua.

Sentada aquí, protegida del sol de mediodía, uso mi vietnamita cada vez que puedo, que resulta ser muy a menudo.

Estoy hablando con mi nueva amiga Mai, pero incluso su siempre-malhumorado y aterrorizante-porque-es-hermano mayor, Quang-ha, me dice algunas palabras en su ahora casi secreto lenguaje.

Dell Duke, que nos trajo aquí en su auto, está callado.

No habla vietnamita.

No me gusta excluir a las personas (yo soy la que siempre es excluida, así que sé lo que se siente), pero no tengo problemas con que el Sr. Duke sea un observador. Es un consejero escolar y escuchar le sirve mucho para dar consejos.

O al menos debería serlo.

Mai es la que más habla y come (le doy mi cono cuando ya no puedo más), y de lo único que estoy segura, con el sol en nuestros rostros y el dulce helado atrayendo nuestra atención, es que éste es un día que jamás olvidaré.

Diecisiete minutos después de nuestra llegada estamos de regreso en el auto de Dell Duke.

Mai quiere pasar por Hagen Oaks, que es un parque. Unos enormes gansos viven ahí todo el año. Ella cree que yo debería verlos.

Como es dos años mayor que yo, cae en la trampa de creer que todos los niños quieren ver patos gordos.

No me malinterpreten, me gustan las aves acuáticas.

Pero en el caso del parque Hagen Oaks, más que las aves, me interesa la decisión que se tomó en la ciudad de sembrar plantas nativas.

Por la expresión en el rostro de Dell (puedo ver sus ojos por el espejo retrovisor), me doy cuenta que no está muy emocionado por ninguna de las dos cosas, pero de todas maneras va al parque.

Quang-ha está despatarrado en el asiento y me imagino que sólo está feliz de no haber tenido que tomar el autobús a alguna parte.

En Hagen Oaks nadie se baja del auto porque Dell dice que tenemos que regresar a casa.

Cuando llegamos al Fosters Freeze llamé a mi mamá para decirle que iba a llegar tarde de la escuela. Como no contestó, dejé un mensaje.

Hice lo mismo en el celular de mi papá.

Es extraño que no haya sabido nada de ellos.

Cuando no pueden contestar el teléfono, siempre regresan la llamada rápidamente.

Siempre.

Hay una patrulla estacionada en la entrada de mi casa cuando Dell Duke da la vuelta en mi calle.

Los vecinos al sur de nosotros se mudaron y su casa está hipotecada. Un letrero en el descuidado patio delantero dice PROPIEDAD DEL BANCO.

Al norte hay unos inquilinos a quienes sólo he visto una vez, hace siete meses y cuatro días, el día en que llegaron.

Miro la patrulla y me pregunto si alguien se habrá metido a la casa vacía.

¿No dijo mamá que era un riesgo tener un lugar vacío en el vecindario?

Pero eso no explica por qué la policía está estacionada en *nuestra* entrada.

Cuando nos acercamos puedo ver que hay dos oficiales en la patrulla. Y por la manera en que están tumbados, parece que llevan ahí un buen rato.

Siento que todo mi cuerpo se tensa.

Desde el asiento delantero Quang-ha dice:

—¿Qué hace la policía en tu entrada?

Los ojos de Mai pasan de su hermano a mí. La expresión en su rostro parece una pregunta.

Creo que se pregunta si mi papá es un ladrón, o si tengo algún primo que golpea gente. ¿Quizás vengo de toda una familia de vándalos?

No nos conocemos muy bien, así que todo podría ser posible.

Permanezco callada.

Estoy llegando tarde. ¿Mi mamá o mi papá se preocuparon tanto que llamaron a la policía?

Les dejé mensajes.

Les dije que estaba bien.

No puedo creer que hicieran eso.

Dell Duke ni siquiera ha parado por completo el auto cuando abro la puerta, cosa que es peligrosa, por supuesto.

Salgo y me dirijo a casa sin siquiera preocuparme por mi mochila roja con ruedas, donde está mi tarea.

Sólo he dado un par de pasos sobre la entrada cuando se abre la puerta de la patrulla y sale una mujer policía.

La mujer tiene una coleta espesa de cabello anaranjado.

No dice hola. Sólo se baja los lentes de sol y dice:

—¿Conoces a Roberta y James Chance?

Intento contestar, pero mi voz no es más que un suspiro:

—Sí.

Quiero añadir: "Pero es Jimmy Chance. Nadie llama James a mi papá".

Pero no puedo.

La oficial juega con sus lentes. Aunque está vestida como tal, la mujer parece estar perdiendo toda su autoridad.

Murmura:

—Muy bien... ¿Y tú quién eres?

Trago saliva, pero de repente mi boca está seca y siento que se forma un bulto en mi garganta.

—Soy su hija...

Dell Duke está fuera del auto con mi maleta y comienza a cruzar la calle. Mai lo sigue. Quang-ha se queda quieto.

El segundo oficial, un hombre joven, sale y se para junto a su compañera. Pero ninguno habla.

Sólo silencio.

Horrible silencio.

Y los dos oficiales dirigen su atención hacia Dell. Se ven ansiosos. La oficial logra decir:

—¿Y usted...?

Dell se aclara la garganta. Parece como si estuviera sudando por cada glándula de su cuerpo. Apenas puede hablar:

—Soy Dell D-D-Duke. Soy c-c-consejero en el distrito escolar. Trabajo con dos de estos ch-ch-chicos. Sólo los estoy ll-ll-llevando a casa.

Veo que los dos oficiales instantáneamente quedan aliviados.

Ella comienza a asentir con la cabeza, mostrando apoyo y casi entusiasmo cuando dice:

—¿Un consejero? ¿Así que ella ya sabe?

Consigo suficiente voz para preguntar:

—¿Saber qué?

Pero ninguno de los oficiales me mira. Ahora sólo están interesados en Dell.

—¿Podemos hablar un minuto con usted, señor?

Veo que la mano sudorosa de Dell suelta la agarradera de vinil negro de la maleta y sigue a los oficiales que se alejan de mí, de la patrulla, hacia el pavimento todavía caliente de la calle.

Ahí parados, se juntan con las espaldas hacia mí y cuando los miro, iluminados por el sol bajo de casi-fin-del-día, parecen un malvado monstruo de tres cabezas.

Y eso son, porque sus voces, aunque contenidas, se pueden entender.

Escucho claramente tres palabras:

—Hubo un accidente.

Y después, en susurros llega la noticia de que las dos personas que más amo en el mundo se han ido para siempre.

No.

No.

No.

No.

No.
No.
No.

Debo retroceder.

Quiero regresar.

¿Alguien viene conmigo?

Capítulo 2

Dos meses antes

❧

Estoy a punto de entrar a una nueva escuela.
Soy hija única.

Soy adoptada.

Y soy diferente.

Como una extraña.

Pero lo sé y eso ayuda. Al menos a mí.

¿Es posible ser demasiado amado?

Mis

Dos

Padres

De

Verdad

Me

A-M-A-N.

Creo que esperar algo durante mucho tiempo lo vuelve más gratificante.

Sin duda, la correlación entre la expectativa y la llegada de eso que deseas se podría cuantificar con algún tipo de fórmula matemática.

Pero ése no es el punto, lo que es uno de mis problemas, y es por lo que, a pesar de que soy una pensadora, nunca soy la favorita de los maestros.

Nunca.

Por ahora me voy a atener a los hechos.

Durante siete años mi mamá intentó quedar embarazada.

Eso parece mucho tiempo para dedicarle a algo, ya que la definición clínica de infertilidad son doce meses de unión física bien planeada, pero sin resultados.

Y aunque tengo pasión por todas las cosas médicas, la idea de ellos haciendo eso, de forma especial, regular y con entusiasmo, me produce náuseas (una sensación desagradable en el abdomen, según la definición médica).

Durante esos años, mi mamá hizo pipí dos veces en una varita de plástico, y el instrumento de diagnóstico se volvió azul.

Pero dos veces no pudo conservar el feto. (¿Qué tan onomatopoética es esa palabra? *Feto*. Es una locura.)

Ese arroz no se coció.

Y así es como yo entré a escena.

El séptimo día del séptimo mes (¿es de sorprender que me guste tanto ese número?) mis nuevos papás condujeron al norte, a un hospital a 257 millas de su casa, en donde me pusieron el nombre de un árbol de clima frío y cambiaron al mundo.

Al menos nuestro mundo.

Tiempo fuera. Probablemente no eran 257 millas, pero así es como necesito pensarlo. (2 + 5 = 7. Y 257 es un número primo. Superespecial. Hay orden en mi universo.)

De regreso al día de la adopción. Según mi papá, yo no lloré ni una vez, pero mi mamá lo hizo desde la Interestatal Cinco Sur hasta la salida 17B.

Mi mamá llora cuando está feliz. Cuando está triste, se queda callada.

Creo que su cableado emocional se cruzó en esta zona. Lidiamos con ello porque la mayoría del tiempo está sonriendo. Muy ampliamente.

Cuando mis dos nuevos papás por fin llegaron a nuestra casa de un piso al final del Valle de San Joaquín, sus nervios estaban demolidos.

Y nuestra aventura familiar acababa de comenzar.

Creo que es importante formarse imágenes de las cosas en tu cabeza. Aunque estén equivocadas. Y casi siempre lo están.

Si pudieras verme, dirías que no encajo en ninguna categoría étnica fácilmente definible.

Soy lo que se conoce como una "persona de color".

Y mis papás no lo son.

Son dos de las personas más blancas en el mundo (sin exagerar).

Son tan blancos que son casi azules. No tienen problemas de circulación; sólo no tienen mucho pigmento.

Mi mamá tiene el cabello rojo, muy delgado, y unos ojos azul pálido, pálido, pálido. Tan pálido que parecen grises. Que no lo son.

Mi papá es alto y prácticamente calvo. Tiene dermatitis seborreica, lo que significa que su piel parece estar siempre en estado de salpullido.

Esto me ha llevado a mucha observación e investigación, aunque para él esto no es ningún día de campo.

Si te estás imaginando a este trío y nos ves juntos, quiero que sepas que aunque no me parezco para nada a mis papás, de alguna manera muy natural parecemos una familia.

Al menos eso creo.

Y eso es lo que en verdad importa.

Además del número 7 tengo otras dos grandes obsesiones: las condiciones médicas y las plantas.

Con condiciones médicas me refiero a enfermedades humanas.

Me estudio a mí misma, por supuesto. Pero *mis* enfermedades han sido menores y sin riesgo de muerte.

Observo a mi mamá y a mi papá, pero no me dejan hacer mucho trabajo de diagnóstico de ellos.

La única razón por la que suelo dejar la casa (sin contar el campo-de-concentración, también conocido como primaria, y mi viaje semanal a la biblioteca central) es para observar enfermedades en la población.

Mi primera opción debería ser sentarme durante horas en un hospital, pero resulta que las enfermeras tienen un problema con eso.

Incluso si sólo estás en una sala de espera haciendo como que lees un libro.

Así que visito el centro comercial, que afortunadamente tiene una buena cantidad de enfermedades.

Pero no compro nada.

Desde que era pequeña, hago notas de campo y tarjetas de diagnóstico.

Me siento particularmente atraída por los padecimientos de la piel, de los que tomo fotografías sólo si el sujeto (y uno de mis papás) no está mirando.

Mi segundo interés: las plantas.

Están vivas, crecen, se reproducen, empujan y brotan del suelo a nuestro alrededor todo el tiempo.

Lo aceptamos sin darnos cuenta.

Abran los ojos, gente.

Es increíble.

Si las plantas hicieran sonidos, todo sería distinto. Pero se comunican con colores y figuras y tamaños y texturas.

No maúllan ni ladran ni trinan.

Creemos que no tienen ojos, pero ven el ángulo del sol y el ascenso de la luna. No sólo *sienten* el viento, por él cambian de dirección.

Antes de que pienses que estoy loca (lo cual siempre es una posibilidad), mira hacia afuera.

Ahora mismo.

Espero que lo que tengas a la vista no sea un estacionamiento o un edificio.

Me imagino que ves un árbol alto con hojas delicadas. Alcanzas a ver un campo abierto con pasto meciéndose. En la distancia hay hierbas creciendo entre las grietas de una banqueta. Estamos rodeados.

Te estoy pidiendo que prestes atención de una manera nueva y lo veas todo como algo Vivo.

Con *V* mayúscula.

Mi pueblo, como la mayoría del valle central de California, tiene clima desértico y es llano y seco y muy caliente durante más de la mitad del año.

Como nunca he vivido en otra parte, meses enteros en un lugar donde a la intemperie se está a más de 37.7 grados, me parece normal.

Lo llamamos verano.

A pesar del calor, es un hecho que el sol y la tierra fértil la hacen un área ideal para sembrar cosas una vez que añades agua a la ecuación.

Y yo lo hice.

Así que en donde antes había un rectángulo de pasto en la casa, ahora hay bambú de doce metros de alto.

Tengo árboles de cítricos (naranjas, toronjas y limas) a un costado de mi jardín de verduras.

Siembro uvas, una variedad de vides, flores anuales y perennes, y, en una pequeña área, plantas tropicales.

Conocerme es conocer mi jardín.

Es mi santuario.

Es más o menos una tragedia que no podamos recordar nuestros años más tempranos.

Siento que esos recuerdos podrían ser la llave a la pregunta de "¿Quién soy?"

¿Cómo fue mi primer pesadilla?

¿Cómo se sintió mi primer paso?

¿Cómo fue el proceso de toma de decisiones a la hora de dejar los pañales?

Tengo algunos recuerdos de bebé, pero la primera secuencia que recuerdo es del jardín de niños, no importa qué tanto haya intentado olvidar esa experiencia.

Mis papás dijeron que ese lugar iba a ser muy divertido.

No lo fue.

La escuela estaba a unas cuadras de mi casa y fue ahí donde cometí por primera vez el crimen de cuestionar al sistema.

La instructora, la Sra. King, nos acababa de mostrar un libro ilustrado muy popular. Tenía todas las marcas distintivas de la literatura preescolar: era repetitivo, tenía algunas rimas irritantes y cínicas mentiras científicas.

Recuerdo que la Sra. King le preguntó al grupo:

—¿Cómo los hizo sentir este libro?

La respuesta más apropiada, según ella, era "cansados", porque la demasiado animada instructora nos forzaba a acostarnos en colchones de plástico durante veinte minutos después del "libro del lunch".

La mitad del grupo se quedaba profundamente dormido.

Recuerdo claramente que un niño llamado Miles se hizo pipí en los pantalones dos veces y, con la excepción de un chico llamado Garrison (que, estoy segura, tenía algún tipo de síndrome de piernas inquietas), todos los demás parecían disfrutar mucho el descanso horizontal.

¿En qué estaban pensando esos chicos?

La primera semana, mientras mis compañeros dormían, yo me preocupé obsesivamente por la higiene del piso de linóleo.

Aún puedo escuchar a la Sra. King, con la espalda derecha y la voz estridente diciendo:

—¿Cómo los hizo *sentir* este libro?

Y después exageró algunos bostezos.

Recuerdo que miré a mis compañeros de celda, y pensé: "¿Podría alguien, quien sea, gritar la palabra *cansado*?".

Yo no había dicho una sílaba durante mis cinco sesiones como estudiante, y no tenía ninguna intención de hacerlo.

Pero después de días de escuchar más mentiras de un solo adulto de las que había estado expuesta en toda mi vida —desde cómo unas hadas limpiaban el salón por la noche hasta explicaciones delirantes para los kits antiterremotos—, estaba en un punto de quiebre.

Así que cuando la maestra dijo específicamente:

—Willow, ¿cómo te hace sentir *a ti* este libro?

Tuve que decir la verdad:

—Me hace sentir muy mal. La luna no puede escuchar a alguien que le dice buenas noches; está a quinientos kilómetros de distancia. Y los conejos no viven en casas. También, creo que los dibujos no son muy interesantes.

Me mordí el labio inferior y experimenté el sabor metálico de la sangre.

—Pero, en realidad, escucharla leer el libro me hace sentir mal sobre todo porque significa que nos hará acostarnos en el suelo, y los gérmenes que hay ahí nos podrían enfermar. Hay una cosa llamada salmonella que es muy peligrosa. En especial para los niños.

Esa tarde aprendí la palabra *rarita* porque así era como me llamaban los otros chicos.

Cuando mi mamá fue a recogerme, me encontró llorando detrás del bote de basura en el patio.

Ese otoño me llevaron a ver a una consejera educativa, y la mujer hizo una evaluación. Les envió una carta a mis padres.

La leí.

Decía que era "altamente dotada".

¿Las personas son "bajamente dotadas"?

¿O "medianamente dotadas"?

¿O sólo "dotadas"? Es posible que todas las etiquetas sean maldiciones. A menos que estén en productos de limpieza.

Porque en mi opinión no es buena idea ver a las personas como una cosa.

Cada persona tiene un montón de ingredientes que la hacen una creación única.

Todos somos guisos genéticos imperfectos.

Según la consejera, la Sra. Grace V. Mirman, el reto para los padres de alguien "altamente dotado" era encontrar maneras de mantener al niño comprometido y estimulado.

Pero creo que estaba equivocada.

Casi todo me interesa.

Me puedo comprometer con el arco del agua de un sistema de riego. Puedo mirar por un microscopio durante un periodo extremadamente largo.

El reto para mis padres era encontrar amigos que pudieran soportar a alguien así.

Todo esto me lleva a nuestro jardín.

Mamá y papá dijeron que buscaban enriquecer mi vida. Pero creo que algo era obvio desde el principio:

Las plantas no hablan.

Capítulo 3

◦～◦)

Como una familia, nos lanzamos a sembrar cosas. Tengo fotos de los primeros viajes a comprar semillas y escoger plantas jóvenes. Me veo exageradamente emocionada.

Desde el principio adopté mi vestuario de jardinería. No cambió a través de los años.

Se podría decir que era mi uniforme.

Casi siempre usaba una playera caqui y un sombrero rojo para protegerme del sol. (El rojo es mi color favorito porque es muy importante en el mundo de las plantas.)

Tenía unos pantalones café con protección para las rodillas. Y botas de trabajo de cuero.

El diseño del vestuario tenía razones prácticas.

Mi cabello largo, rizado e ingobernable estaba recogido con algún tipo de pinza. Tenía unos anteojos (como los de los ancianos) para las inspecciones de cerca.

En mi jardín, con este uniforme, determiné (a través de análisis químicos a la edad de 7 años) que las marcas cafés que aparecieron en los muebles del jardín eran caca de abeja.

Estaba sorprendida de que nadie lo hubiera descubierto antes.

❧

En un mundo ideal, yo habría pasado veinticuatro horas al día haciendo investigaciones.

Pero el descanso es decisivo en el desarrollo de la gente joven.

Calculé mis biorritmos exactos y necesitaba 7 horas y 47 minutos de sueño cada noche.

No sólo porque estuviera obsesionada con el número 7.

Que era el caso.

Pero así estaban hechos mis ciclos circadianos. Es algo químico.

¿No lo es todo?

Me dijeron que vivía demasiado dentro de mi cabeza.

Quizás por eso no me ha ido tan bien en la escuela y nunca he tenido muchos amigos.

Pero mi jardín me abrió una ventana hacia otras formas de compañía.

Cuando tenía ocho años, una parvada de loros salvajes, de cola verde, se mudó a la palmera que está por la cerca de madera.

Una pareja construyó un nido y pude presenciar el nacimiento de los loros bebés.

Cada uno de esos polluelos tenía su propio trino distintivo.

Estoy segura de que sólo la mamá loro de cola verde y yo sabíamos esto.

Cuando el más pequeño fue empujado del nido, yo lo rescaté y lo llamé Fallen.[1]

Con una cuidadosa alimentación de la palma de mi mano, que al principio era durante todo el día, pude ser una mamá loro.

Cuando Fallen era lo suficientemente fuerte como para volar, lo introduje de nuevo en su parvada.

Fue increíblemente satisfactorio.

Pero también me rompió el corazón.

Según mi experiencia, satisfactorio y rompecorazones suelen ir de la mano.

En la escuela, en la Primaria Rose, tuve una verdadera compañera.

Su nombre era Margaret Z. Buckle.

Ella inventó la Z porque no tenía un segundo nombre y guardaba fuertes sentimientos acerca de ser vista como un individuo.

---

[1] Caído, en inglés. [N. del T.]

Pero Margaret (no la llamen Peggy) se mudó el verano después de quinto año. Su mamá es una ingeniera petroquímica y fue transferida a Canadá.

A pesar de la distancia, pensé que Margaret y yo permaneceríamos cerca.

Y al principio así fue.

Pero supongo que la gente es más abierta en Canadá, porque en Bakersfield sólo éramos Margaret y yo contra el mundo.

Allá ella tiene todo tipo de amigos.

Ahora, en las raras ocasiones en que nos escribimos, me habla de su suéter nuevo. O de una banda que le gusta.

No quiere hablar sobre quiropterofilia, que es la polinización de plantas por los murciélagos.

Ya lo superó.

¿Quién puede culparla?

Con Margaret en Canadá, esperaba que la Secundaria Sequoia me abriera nuevas aventuras en la amistad.

No ha sido así.

Soy pequeña para mi edad, pero tenía muchas esperanzas puestas en volverme una "Gigante de Sequoia".

Sólo el hecho de que la escuela tuviera un árbol como mascota parecía muy prometedor.

La escuela estaba al otro lado del pueblo y se suponía que me daría un inicio fresco, ya que todos los chicos de mi primaria se fueron a Emerson.

Mis padres obtuvieron un permiso especial del distrito para llevarme ahí.

Mamá y papá pensaban que no había encontrado un maestro que me entendiera. Yo creo que es más acertado decir que yo nunca comprendí a ninguno de mis maestros.

Hay una diferencia.

Justo antes de que comenzaran las clases, la anticipación que sentía era como esperar a que floreciera mi *Amorphophallus paeoniifolius*.

Tuve un periodo obsesionada con cultivar flores cadáver muy extrañas.

Lo que me llamó la atención en primer lugar fueron sus flores tan extrañas.

Los pétalos rojos purpúreos parecen sábanas de terciopelo que podrían forrar un ataúd. Y el estigma largo, agresivo, y amarillo que se proyecta desde el centro es como el dedo ictérico de un anciano.

Pero la reputación de estas plantas viene de su olor. Porque cuando florece es como si un cuerpo saliera del suelo.

El hedor es simplemente asqueroso. Vaya, se necesita tiempo para acostumbrarse.

Ningún animal se les acerca, mucho menos mastica la flor color vino, exótica y apestosa.

Es un perfume al revés.

Creía que ir a la secundaria cambiaría mi vida. Me veía como esa planta rara, preparada para desdoblar mis capas escondidas.

Pero de verdad esperaba que no fuera a apestar el lugar.

Intenté encajar.

Investigué a los adolescentes, lo que es interesante porque yo estaba a punto de convertirme en una.

Leí sobre el manejo de autos para adolescentes, los adolescentes que se escapan de casa y la tasa de deserción escolar adolescente. Y fue una sacudida.

Pero ninguna de mis investigaciones me dio mucha luz sobre el área que de verdad me interesaba:

La amistad adolescente.

Si le podemos creer a los medios, los adolescentes están muy ocupados rompiendo las reglas e intentando suicidarse y matar a todos a su alrededor para formar cualquier vínculo afectivo.

A menos, por supuesto, que este vínculo produzca un embarazo adolescente.

Sobre eso había mucha información.

Justo antes de empezar la secundaria me hicieron un examen físico.

El examen salió mucho, mucho, mucho mejor de lo esperado porque por primera vez tenía un problema médico real.

Llevaba doce años esperando a que esto sucediera.

Necesitaba lentes.

Sí, el nivel de corrección era escaso.

Y sí, pudo haber sido causado, en parte, por forzar la mirada (al parecer enfoco demasiado en algo frente a mí, como un libro o la pantalla de una computadora, y no miro hacia la distancia para reenfocar lo suficiente).

Así que me felicité por este logro porque yo esperaba tener algún tipo de miopía y ahora así era.

Después del examen fuimos al oftalmólogo y escogí mis anteojos. Me sentía atraída por los armazones que se parecían a los que usaba Gandhi.

Eran redondos, con armazón de metal, y muy "de vieja escuela", según la mujer que se encarga de esa parte del proceso.

Lo cual era perfecto porque estaba avanzando hacia el nuevo mundo en paz.

Una semana antes del primer día de clases, tomé otra gran decisión.

Estábamos desayunando y le di un gran mordisco a mi comida de Inicio-Saludable, que consiste en hojas de betabel con semillas de linaza (ambas caseras), y dije:

—Ya sé qué me voy a poner para mi primer día en Sequoia.

Mi padre estaba en la cocina, mordiendo en secreto una dona. Yo hacía todo lo posible por mantener a estas personas lejos de la comida chatarra, pero lograban cubrir muchos de sus hábitos alimenticios.

Mi papá se tragó el pedazo de dona y preguntó:

—¿Y qué es?

Yo estaba complacida.

—Usaré mi ropa de jardinería.

Mi papá debió morder un gran pedazo de dona porque parecía que se le había atorado en la garganta. Logró decir:

—¿Estás segura?

Por supuesto que estaba segura. Pero me mantuve discreta.

—Sí. Pero no usaré binoculares, si es lo que te preocupa.

Mi mamá, que hasta ahora estaba vaciando el lavatrastes, se volteó. Pude ver su cara. Parecía de dolor. Quizás había sacado una carga entera de platos sucios, que es algo que había sucedido antes.

Su rostro se suavizó y dijo:

—Qué idea tan interesante, mi amor. Pero, me pregunto... ¿Crees que la gente lo entienda? Quizás sea mejor idea usar un color más brillante. Como algo rojo. Te encanta el rojo.

No lo entendían.

El primer día de secundaria era una oportunidad para hacer una nueva introducción. Necesitaba manifestarle al grupo un sentido de mi identidad y al mismo tiempo mantener escondidos algunos elementos básicos de mi carácter.

No pude dejar de explicarles:

—Es una declaración sobre mi compromiso con el mundo natural.

Intercambiaron miradas rápidas.

Mi papá tenía glaseado en los dientes, pero no iba a mencionarlo, especialmente después de que dijo:

—Claro. Tienes toda la razón.

Miré hacia mi plato de desayuno y comencé a contar las semillas de linaza, multiplicándolas por 7.

7	14	21	28	35	42	**49**	56	63	70
77	84	**91**	**98**	105	112	**119**	126	133	140
147	154	161	168	175	182	**189**	196	203	210
217	224	**231**	**238**	245	252	**259**	266	273	280
287	294	301	308	**315**	**322**	**329**	336	343	350
357	364	371	378	385	392	**399**	406	413	420
427	434	441	448	455	462	**469**	476	483	490
497	504	511	518	525	532	**539**	546	553	560

Es una técnica de escape.

La tarde siguiente, un ejemplar de la revista *Vogue Teen* apareció en mi cama.

En esa época del año, todas estas publicaciones estaban centradas en el "Regreso a clases".

En la portada, una chica con el cabello del color de un plátano tenía la sonrisa más amplia que jamás había visto. El titular decía:

¿TU ATUENDO DICE LO QUE QUIERES QUE DIGA?

Nadie aceptó haberla puesto ahí.

Capítulo 4

Mis padres hicieron un par de sugerencias extrañas más antes del primer día de clases.

Decidí que ambos debieron quedar traumatizados cuando fueron adolescentes.

Esa primera mañana en una escuela completamente nueva, empaqué mi maleta roja con ruedas (diseñada para el viajero frecuente de negocios, pero adquirida para transportar mis libros y útiles) y nos dirigimos al auto.

Mi padre y mi madre insistieron en dejarme en la escuela. Pero ninguno de ellos, por instrucciones mías, me acompañaría adentro.

Había revisado el plano de los edificios y memoricé todo desde las alturas de los techos, las salidas de emergencia y las fuentes de electricidad.

Estaba preinscrita en inglés, matemáticas, español, educación física, estudios sociales y ciencias.

Con excepción de educación física, sabía bastante de esas materias.

Había calculado el tiempo necesario para recorrer los pasillos, así como los metros cúbicos de los armarios.

Podía recitar de memoria el reglamento para estudiantes de Sequoia.

Estaba ansiosa cuando nos estacionamos en la entrada, pero estaba segura de una cosa:

Estaba lista para la secundaria.

Estaba equivocada.

El lugar era tan ruidoso.

Las chicas gritaban y los chicos se atacaban físicamente.

Al menos eso parecía.

Odié quitarme mi sombrero panamá rojo.

Era mi color característico pero, después de todo, era un sombrero para el sol.

Apenas había dado cuatro pasos dentro de la turba cuando una chica se me acercó.

Se puso frente a mí y dijo:

—El excusado del segundo gabinete está descompuesto. Es asqueroso.

Saludó con el brazo a otros come-carne y se fue.

Me tomó unos momentos procesar su declaración.

¿Me estaba haciendo algún tipo de advertencia?

Podía verla hablando con dos chicas junto a una hilera de casilleros y no tenía la misma intensidad.

Miré a través de la multitud y vi a un hombre delgado, de cabello negro, jalando un carrito. Estaba lleno de artículos de limpieza. Dos trapeadores estaban amarrados en la parte trasera.

Lo miré y me di cuenta de que estábamos vestidos igual.

Pero él estaba jalando un carrito de limpieza, no una maleta con ruedas con la capacidad de rotar en 360°.

Y después tuve un pensamiento perturbador: era posible que aquella chica pensara que yo era una trabajadora de intendencia.

Duré menos de tres horas.

El lugar me provocó náuseas severas. Por razones de salud y de seguridad, fui a la oficina e insistí en llamar a casa.

Esperé afuera, en la acera, y sólo ver el auto de mamá en la distancia me hizo respirar con más facilidad.

Cuando me subí, mi madre dijo de inmediato:

—Los primeros días siempre son difíciles.

Si yo fuera el tipo de persona que llora, seguramente lo habría hecho, pero no está en mi carácter. Casi nunca lloro. En su lugar, sólo asentí con la cabeza y miré por la ventana.

Así puedo desaparecer dentro de mí.

En casa pasé el resto de la tarde en mi jardín.

No aré el suelo ni escardé las camas de flores ni intenté injertar ramas; me senté en la sombra y escuché mis lecciones de japonés.

Esa noche me descubrí mirando el cielo por la ventana y contando de 7 en 7 durante lo que resultó ser un nuevo récord.

Traté de ir con la corriente.

Pero lo que aprendí y lo que me enseñaban no tenían nada que ver.

Mientras mis maestros trabajaban sobre lo riguroso de sus materias, yo me sentaba en la parte trasera, aburrida hasta el cansancio. Ya me sabía todo, así que en su lugar estudié al resto de los estudiantes.

Llegué a un par de conclusiones sobre la experiencia de la secundaria:

La ropa era muy importante.

En mi opinión, si el mundo fuera perfecto, todo el mundo usaría batas de laboratorio en escenarios educativos, pero obviamente eso no estaba sucediendo.

El adolescente promedio estaba dispuesto a usar atuendos muy incómodos.

Según mis observaciones, entre más creces más te gusta la palabra *cómodo*.

Es por eso que la mayoría de los ancianos usan pantalones con elástico en la cintura. Si es que usan pantalones. Esto podría explicar porqué a los abuelos les encanta comprar piyamas y batas de baño a sus nietos.

Los atuendos que mis compañeros usaban eran, en mi opinión, o muy apretados o muy flojos.

Al parecer, usar algo que te quedara bien no era aceptable.

Los cortes de pelo y los accesorios eran definitorios.

El color negro era muy popular.

Algunos estudiantes se esforzaban mucho en destacar.

Otros hacían un esfuerzo igual para mezclarse con los demás.

La música era una suerte de religión.

Parecía juntar a las personas, y también distanciarlas. Identificaba a un grupo y prescribía maneras de comportarse y reaccionar.

La interacción entre las especies masculina y femenina era variada e intensa, y altamente impredecible.

Había más contacto físico del que pensé que habría.

Algunos estudiantes no tenían inhibiciones en lo absoluto.

No se le prestaba atención a la nutrición.

La mitad de los chicos no comprendía bien la palabra *desodorante*.

Y la palabra *increíble* se utilizaba demasiado.

Tan sólo llevaba 7 días en mi última desventura educativa cuando llegué a la clase de inglés para encontrarme con la Sra. Kleinsasser haciendo un anuncio:

—Esta mañana todos harán un examen estandarizado que se aplicará a todos los estudiantes del estado de California. En su pupitre tienen un cuadernillo y un lápiz número 2. No abran sus cuadernillos hasta que yo se los indique.

La Sra. Kleinsasser dijo que estaba lista y puso a funcionar un reloj.

Y de repente decidí prestar atención.

Tomé el lápiz y comencé a llenar los óvalos de las respuestas.

En 17 minutos y 47 segundos me levanté de mi asiento y caminé al frente del salón, donde le entregué a la maestra mi hoja de respuestas y el cuadernillo.

Salí por la puerta y pensé que era posible haber escuchado al grupo entero susurrando.

Saqué una calificación perfecta.

Una semana después entré a la clase de la Sra. Kleinsasser, quien me estaba esperando. Me dijo:

—Willow Chance, la directora Rudin necesita verte.

La noticia hizo que mis compañeros zumbaran como abejas llenas de polen.

Me dirigí a la puerta, pero en el último segundo me di la vuelta.

Debió parecer obvio que quería decir algo, porque el salón se quedó en silencio mientras yo miraba a mis compañeros.

Encontré mi voz y dije:

—La flor cadáver ha florecido.

Estoy casi segura de que nadie entendió.

Tomé asiento en la oficina de la directora Rudin, que era mucho menos impresionante de lo que esperaba.

La ansiosa mujer se recargó en su escritorio y su ceño se tejió como un extraño patrón de líneas angulosas que se entrecruzaban.

Estaba segura de que, si miraba lo suficiente, encontraría una teoría matemática en la frente de esa mujer.

Pero las líneas se reacomodaron antes de que pudiera descifrar la dinámica, y la directora dijo:

—Willow, ¿sabes por qué estás aquí?

Decidí no contestar, esperando que eso causara que la piel sobre sus ojos se volvieran a enredar.

—Hiciste trampa.

Me descubrí diciendo:

—No hice trampa en nada.

La directora Rudin exhaló.

—Tu expediente señala que hace varios años fuiste identificada como alguien con aptitudes altas. Tus maestros reportan que no hay evidencia de ello. Nadie en el estado obtuvo una calificación perfecta en el examen.

Podía sentir que mi rostro se ponía caliente. Dije:

—¿De verdad?

Pero lo que quería hacer era gritar:

—*Su codo izquierdo revela la quinta forma de la psoriasis, una condición eritrodérmica caracterizada por enrojecimiento intenso en áreas grandes. Una aplicación de 2.5% de cortisona combinada con exposición regular al sol, sin quemaduras, por supuesto, sería mi recomendación para sanar.*

Pero no lo hice.

Tenía muy poca experiencia con la autoridad. Y cero experiencia como médico practicante.

Sólo me enconché.

Lo que siguió fue un interrogatorio unidireccional de 47 minutos.

La directora, incapaz de demostrar mi engaño, pero segura de que había sucedido, por fin me dejó ir.

Pero no antes de elaborar una petición formal para que yo viera a un consejero en las oficinas principales del distrito.

Ahí es adonde mandaban a los niños problema.

El nombre de mi consejero era Dell Duke.

Capítulo 5

Dell Duke

Un ignorante dispara a la cosa equivocada,
y atina

～❧)

Dell Duke no podía creer que había terminado en la floreciente comunidad agrícola.

Había soñado con un poco más que esto.

Delwood era el apellido de su madre, y al nacer a él se lo habían enjaretado como primer nombre. Afortunadamente, nadie lo llamaba Delwood.

Desde el principio fue Dell.

Y aunque Dell odiaba su nombre, le daba algo de orgullo su apellido Duke.

Sólo algunos parientes sabían que dos generaciones atrás, el nombre había sido Doufinakas, pero su antepasado griego, George, hasta donde Dell entendía, había hecho lo correcto.

Dell le decía a cualquiera dispuesto a escuchar, que su familia había estado involucrada en la fundación de una universidad. Y que en algún momento habían usado una corona.

Dell Duke había querido ser doctor porque le gustaban los programas de televisión con personajes heroicos que salvaban gente cada semana mientras exhibían sus dentaduras perfectas y peinados geniales.

Además, *Dr. Dell Duke* sonaba bien. Tenía tres *D*, lo que sonaba mejor que sólo dos.

Así que Dell estudió biología en la universidad, lo que no fue muy acertado porque no era capaz de almacenar datos.

Corrían y se movían y terminaban por evaporarse de su mente consciente.

Y si estaban enterrados en algún lugar de su inconsciente, no tenía acceso a esa zona de su pensamiento.

Así que para el segundo semestre ya había cambiado de carrera cuatro veces y había pasado de las ciencias duras a las suaves.

Finalmente Dell se graduó, en seis años, en psicología.

De ahí, después de mucho buscar, consiguió un empleo en un centro de cuidados para ancianos, en donde era el director de actividades.

Lo despidieron tres meses después.

A los ancianos no les caía bien. Le faltaba compasión genuina y no tenía estómago para sus problemas de salud. En más de una ocasión se le vio salir corriendo lleno de pánico del cuarto de actividades.

A Dell le daba mucho miedo trabajar con prisioneros, así que puso su mira en el sistema de educación pública.

Dell fue a la escuela nocturna, y después de tres años más obtuvo un certificado como asesor de adolescentes, y eso lo puso en camino de un empleo en educación.

Pero nadie estaba contratando.

Dell envió cientos de currículum, y después de trabajar tres años como garrotero en un bar, llevando tinas llenas de vasos sucios a los lavatrastes, terminó inventando algo de experiencia laboral y obtuvo una oportunidad.

Bakersfield.

En el papel parecía increíble.

El mapa mostraba que estaría en el sur de California. Se imaginó una vida llena de tablas de surf y personas bronceadas comiendo botanas picantes en su balcón con vista al mar.

Pero el Valle Central tenía meses enteros en donde la temperatura llegaba a los 37.7 grados todos los días. Era llano, seco y rodeado de tierra.

Bakersfield no era ningún Malibú.

Ni siquiera era Fresno.

Dell aceptó el empleo, puso sus pertenencias en su Ford destartalado y se dirigió al sur.

No tuvo una fiesta de despedida cuando dejó Walla Walla, Washington, porque a nadie le importaba que se fuera.

Como asesor del distrito escolar de la ciudad de Bakersfield, el trabajo de Dell era lidiar con los casos difíciles.

Y con eso, el distrito escolar se refería a los estudiantes de secundaria que se metían en problemas, casi exclusivamente por asuntos de conducta. Eran los chicos que causaban los suficientes problemas como para ser tratados fuera de la escuela.

Un día normal para Dell consistía en revisar docenas de correos electrónicos enviados semanalmente por los directores.

Algunos estudiantes eran reportados porque se habían vuelto violentos físicamente. Eran chicos que se lanzaban contra otros chicos. Esto significaba una suspensión automática si sucedía dentro de la escuela.

Podías golpear a alguien, pero te tenías que asegurar de que no fuera en la cafetería o en el estacionamiento.

La acera estaba bien.

Otros casos involucraban vagancia.

A Dell le parecía irónico que los chicos que no iban a la escuela, fueran castigados por eso con la amenaza de ser expulsados.

Además de los chicos violentos y los ausentes, estaban los que usaban drogas y los que robaban cosas.

Pero estos casos nunca llegaban hasta Dell. El sistema se ocupaba de los jóvenes criminales. (Dell resentía no poder pasar algo de tiempo con los bravucones de verdad. Tenían mucha personalidad y podían resultar muy entretenidos.)

Era el resto de los dañados quienes terminaban en asesoría.

Eran tres terapeutas especialistas en educación los que se encargaban de todos los casos. Dell fue contratado después de la jubilación de Dickie Winkleman. (Dell nunca conoció a Dickie Winkleman pero, por lo que había escuchado, el tipo estaba destrozado cuando por fin salió por la puerta.)

Como el nuevo chico del barrio, a Dell le tocaron los casos que los otros dos consejeros no querían.

O como Dell lo veía: a él le tocaban los perdedores de los perdedores.

Pero le parecía bien porque esos estudiantes no correrían a acusarlo por el pésimo trabajo que hacía. Ya estaban en contra del sistema antes de llegar con él.

¡Gol!

Dell estaba a la mitad de sus treintas, y aunque no era muy introspectivo o reflexivo, sabía que en este empleo de asesor en Bakersfield la haría o se quebraría.

Pero Dell siempre tuvo problemas con la organización. No podía tirar cosas porque no sabía distinguir entre las que tenían valor y las que no.

Además, le gustaba el confort de las posesiones. Si él no podía pertenecer a nada, al menos algo le pertenecía a él.

Mirando los viejos archivos de Dickie Winkleman, Dell encontró que Dickie había puesto a los chicos en categorías.

Al parecer, el asesor había organizado a los estudiantes en términos de tres cosas:

Nivel de actividad

Paciencia

Habilidad para prestar atención

El consejero Winkleman tenía notas muy elaboradas y escribía reportes dolorosamente detallados en donde hacía un esfuerzo por cuantificar las habilidades y deficiencias de sus estudiantes.

Dell estaba impresionado y horrorizado.

No había manera de que intentara imitar lo que Winkleman había hecho. Era demasiado trabajo.

Dell tendría que encontrar su propia manera de sortear el embrollo de estudiantes dañados.

Sólo le tomó tres meses darle forma al Sistema de Asesoría Dell Duke.

Puso a todos los chicos que veía en cuatro grupos de LO EXTRAÑO.

Primero los INADAPTADOS.

Después los EXTRAÑOS.

Luego los LOBOS ESTEPARIOS.

Y finalmente los RARITOS.

Por supuesto, Dell no tenía que ponerle a los chicos ningún tipo de etiquetas, ¿pero de qué sirve un sistema de organización sin métodos de separación?

Las etiquetas eran importantes. Y muy efectivas. Era una locura pensar en estos chicos en términos de individualidad.

Para el Sistema de Asesoría Dell Duke, los Inadaptados eran los chicos oscuros que no podían evitar vestirse distintos y actuar como peces fuera del agua.

Los Inadaptados no tenían dinámicas de poder. Y a algunos de ellos quizás los dejaron caer cuando eran bebés. Los Inadaptados, probablemente, *intentaban* encajar, pero no podían.

Su siguiente grupo, los Extraños, eran diferentes de los Inadaptados porque eran más originales y un poco más adelantados.

Les *gustaba* ser extraños. Ahí estaban los artistas y los músicos. Eran proclives a ser presumidos y les gustaba la comida picante. Siempre llegaban tarde, usaban el color anaranjado, y no eran buenos con sus finanzas.

Y luego estaban los Lobos Esteparios.

En este grupo estaban los disidentes. Se veían a sí mismos como protestantes o rebeldes.

El Lobo Estepario solía ser un lobo enojado, mientras que un Inadaptado era tranquilo y contenido. Y los Extraños estaban de picnic haciéndose sus propios sándwiches.

Al final de la clasificación de Dell de lo Extraño, estaban los Raritos.

Los Raritos incluían a los Zombies, esos chicos que miraban fijamente a la distancia y no respondían a ningún tipo de estímulo.

Se podía esperar que los Raritos masticaran su propio cabello pajizo y se fijaran, sin parpadear, en un punto de suciedad en la alfombra mientras había un incendio detrás de ellos.

Los Raritos se mordían las uñas y les gustaba rascarse. Tenían secretos y seguramente se tardaron en aprender a usar el excusado. El punto era que los Raritos eran extraños porque eran impredecibles. Y, en opinión de Dell, podían ser peligrosos. Siempre era mejor dejarlos ser.

Juego.

Set.

Match.

Puesto que el sistema de Dell podía terminar en lugares más importantes que su cuarto sin ventanas en mitad de una casa rodante adaptada, estacionada en la propiedad de las oficinas administrativas del distrito escolar, elaboró un código para su sistema único, con las siglas CGE, que significaban:

LOS CUATRO GRUPOS DE LO EXTRAÑO.

El CGE se dividía en:

1 = INADAPTADOS

2 = EXTRAÑOS

3 = LOBOS ESTEPARIOS

4 = RARITOS

También, después de pensarlo mucho, coloreó su sistema:

INADAPTADOS, amarillo.

EXTRAÑOS, morado.

LOBOS ESTEPARIOS, verde.

RARITOS, rojo.

Después cambió el color de la fuente en su computadora para que combinara con estas categorías.

Esto le permitía, de un vistazo, saber con qué estaba lidiando.

El nombre Eddie Von Snodgrass apareció en pantalla, y antes de que el chico ansioso con la chamarra demasiado grande tomara asiento, Dell sabía que podía mirar su computadora en secreto durante cuarenta y cinco minutos y asentir con la cabeza de vez en cuando.

Los Lobos Esteparios no necesitaban mucha atención porque sólo les gustaba maldecir y desvariar.

Así que mientras Eddie V. se quejaba del sabor químico del refresco embotellado, Dell revisó una página que vendía muñecos de beisbol con cabezas gigantes a un precio muy accesible.

¡A Dell ni siquiera le gustaban los juguetes deportivos!

Pero el Sistema de Asesoría de Dell Duke estaba funcionando, aun cuando no sucediera lo mismo con el propio Dell.

Porque una vez que un chico era evaluado, Dell podía llenar el formulario del distrito en un instante y darles a todos en la misma categoría la misma calificación.

Pasaron los meses. Dell mantuvo a los chicos fluyendo. Los trenes llenos de lo Extraño siempre estaban a tiempo.

Pero la tarde en que Willow Chance llegó a verlo, todas sus categorías se detuvieron, como un tenedor encajado en el engranaje de una maquinaria vieja.

Capítulo 6

Me senté en la sofocante oficina/móvil y me quedé viendo al Sr. Dell Duke.

Su cabeza era muy redonda. La mayoría de las cabezas humanas no son redondas. Muy, muy pocas, de hecho, tienen esa calidad esférica.

Pero este hombre regordete y barbón, con las cejas pobladas y los ojos pispiretos era la excepción.

Tenía el cabello grueso y rizado y la piel rojiza, y me parecía que era, al menos en parte, de origen mediterráneo.

Yo estaba muy interesada en la dieta de estos países.

Numerosos estudios habían comprobado que la combinación de aceite de oliva, vegetales abundantes y queso de cabra, mezclado con porciones decentes de pescado y carne era muy buena para la longevidad.

Aunque el Sr. Dell Duke no parecía muy saludable.

En mi opinión, no estaba haciendo suficiente ejercicio. Vi que tenía un vientre muy sustancioso debajo de su camisa holgada.

Y el sobrepeso en esa parte es más dañino que los kilos extra en el trasero.

Sí, culturalmente hablando, los hombres con traseros grandes son menos deseables que aquellos con grandes barrigas, lo que sin duda es un error desde el punto de vista evolutivo.

Me hubiera gustado tomarle la presión arterial.

Comenzó diciendo que no quería hablar de los resultados de mis exámenes.

Sin embargo, sólo habló de eso.

Durante un buen rato yo no dije una sola palabra.

Y eso sólo lo hizo hablar más.

Hacía calor en su pequeña oficina apretada y podía ver que estaba sudando demasiado.

Incluso su barba comenzaba a humedecerse.

Se estaba agitando más y más. Mientras hablaba, pequeños puntos de saliva se acumulaban en las comisuras de su boca.

Eran espumosos y blancos.

El Sr. Dell Duke tenía un gran frasco lleno de frijolitos de dulce sobre su escritorio.

No me ofreció ninguno.

Yo no comía dulces, pero estaba muy segura de que él sí.

Me imaginaba que los tenía para hacer parecer que estaba ofreciendo un regalo a los chicos, pero en realidad nunca lo hacía y se daba sus propios atracones.

Consideré calcular cuántos habría en el frasco.

El volumen de un frijolito = $h(pi)(d/2)^2 = 2cm \times 3$ $(1.5cm/2)^2 = 3.375$ o $27/8$ centímetros cúbicos.

Pero los frijolitos no son cilindros perfectos. Son irregulares.

Así que esta fórmula no es acertada.

Sería más divertido intentar contarlos de 7 en 7.

No le había dicho a mis padres sobre mi reunión con la directora Psoriasis de Sequoia.

O que tenía que ver a algún tipo de oficial de mi libertad condicional llamado Dell Duke.

Y no sé por qué.

Había sido su idea cambiarme de escuela y quería que pensaran que todo estaba bien.

O lo mejor posible.

Así que ahora era oficialmente una mentirosa.

No se sentía bien.

Los años de secundaria debían ser (según la literatura) una separación emocional de los padres. Me imaginé que mentir era sentar una buena base para eso.

Pero sentía como si hubiera comido algo echado a perder. Y la sensación de náusea se extendía más allá de mi estómago, hacia arriba, hasta mi cuello.

Justo por donde tragaba.

Mis padres no sabían nada de mi drama escolar en Sequoia porque había destruido la evidencia.

Borré los mensajes telefónicos de la escuela que estaban en nuestra contestadora. Mis padres siempre olvidaban revisarla, así que no era gran cosa.

Pero lo peor fue que entré a la cuenta de correo de mi mamá y le contesté al director sobre mis visitas con el asesor.

Así que tendría que aguantarme el malestar de estómago, porque me lo merecía.

El asesor de cabeza redonda por fin dejó de hablar.

Estaba exhausto.

Cruzó sus cortos brazos defensivamente sobre su enorme barriga, y después de otro silencio sudoroso (de ambos), tuvo una idea real.

—Voy a decir una palabra y luego dices la primera palabra que se te ocurra. No es una pregunta... es algo más. Tratemos de hacerlo muy rápidamente.

Inhaló muy fuerte y añadió:

—Piensa que es un juego.

Dell Duke no sabía que mi experiencia en esta arena era muy limitada.

Pero he descubierto que soy excesivamente competitiva.

Por primera vez sentí un poco de entusiasmo desde que entré ahí.

Quería hacer un juego de palabras. Estaba segura de que podría vencerlo en ajedrez en menos de seis movimientos. Pero sólo he jugado contra una computadora, y no muy seguido, porque el ajedrez es una de esas cosas que se pueden volver una obsesión.

Lo sé bien.

Una vez jugué veinte horas seguidas y experimenté síntomas de psicosis leve.

El Sr. Dell Duke se inclinó sobre el escritorio y dijo dramáticamente:

—Chocolate.

A mí me interesaban los beneficios del chocolate y dije:

—Antioxidante.

Después golpeó el suelo con su pie, como si acelerara un auto, y dijo:

—Piano.

Dije:

—Concierto.

El día anterior, escuché a un chico en la escuela gritarle a su grupo de amigos:

—¡Vamos!

Quería gritar eso ahora, pero no me pareció apropiado.

El Sr. Dell Duke intentó escribir lo que decíamos, pero estaba batallando.

Afortunadamente, se rindió y decidió sólo jugar.

Dijo "espacio". Yo dije "tiempo".

Dijo "oscuro". Yo dije "materia".

Dijo "big". Yo dije "bang".

Dijo "auto". Yo dije "mático".

Dijo "ratón". Yo dije "inalámbrico".

Dijo "blanco". Yo dije "glóbulo".

Dijo "simple". Yo dije "fuente".

Dijo "semilla". Yo dije "embrión".

Dijo "pastel". Yo dije "3.14159265358979323846 264338327".

Pero dije el número muy, muy rápido y me detuve en el número 7 porque era mi número favorito.

Después el Sr. Dell Duke gritó:

—¡Animal!

Me asustó.

No me gustan las cosas fuertes. Estuve callada durante un rato, pero al final logré encontrar mi voz.

Dije:

—Lémur.

Y sus ojos crecieron y murmuró:

—Las lémures hembras están a cargo de la tropa.

Esto era una declaración verídica.

Si hay un conflicto en el grupo, las lémures son las que lo resuelven. Por eso, la líder obtiene la mejor comida y el mejor lugar de descanso.

Lo miré con detenimiento.

No todos saben que el lémur es un primate que sólo se encuentra en la isla de Madagascar.

Era posible que no fuera el zanahorio que parecía ser.

Después se pasó ambas manos entre su mechudo y rizado cabello, lo que aumentó su tamaño al doble.

Eso le ha sucedido a mi cabello.

Así que lo comprendía.

Salí de ahí confundida.

Sabía que él sabía que yo era diferente.

El Sr. Dell Duke no era material para amigo porque era mucho más grande y, a pesar de las lémures, no parecíamos tener absolutamente nada en común.

Pero mientras me alejaba de las oficinas del distrito, decidí que volvería.

El Sr. Dell Duke me estaba probando.

Pero no como él creía.

Pensé que de alguna manera me necesitaba.

Y me gustó esa sensación.

Esa noche, durante la cena mis papás me preguntaron cómo me iba en Sequoia.

Dije:

—La experiencia evoluciona.

Ambos sonrieron, pero sus ojos aún estaban ansiosos. La voz de mi madre sonaba más aguda de lo normal.

—¿Has conocido a alguien especial?

Durante un segundo me pregunté si sabrían de los exámenes.

Le di una mordida a mi suflé de alcachofa y dije:

—Conocí a alguien que me interesa.

Mis padres se alegraron. Era una gran noticia.

Mamá intentó no parecer muy emocionada.

—¿Nos puedes contar más?

Debía tener cuidado. Si no quería un dolor de estómago monumental, debía usar alguna versión de la verdad.

—Esta tarde fue nuestro primer encuentro. Visto como una prueba clínica, estoy en la Fase Cero, que es cuando se utilizan las microdosis. Les haré saber cómo se desarrolla.

Y después pedí ser excusada de la mesa.

Capítulo 7

Dell no trataba a muchas chicas.

Los chicos se meten en más problemas.

Él pensaba que "Willow" era una especie de apodo. Pensó que era "Will-Low", lo que podía ser jerga de pandilleros.

Pero al otro lado del escritorio había una chica de doce años.

Había algo que no estaba bien con ella.

Sus ojos viajaban por todo el cuarto y luego aterrizaban en su estómago, lo que le parecía una grosería.

Sabía que estaba sudando, porque así era él.

Pero sintió que ella lo estaba juzgando a él.

De eso no se trataba ese lugar.

Él era quien debía juzgar.

Tenía que ponerla en una categoría de lo Extraño cuanto antes para poderse desconectar de lo que fuera que estaba pasando en el cuarto.

Dell había mirado su monitor para volver a leer el correo enviado por la directora Rudin.

El mensaje decía que la chica era una tramposa. No le tocaban muchos de ésos.

Así que era mañosa.

Bueno, él también lo era.

Así que llegaría hasta el fondo del asunto.

No era una Rarita o un Lobo Estepario o una Extraña o una Inadaptada.

Pero sí *era* Superextraña, de eso se podía dar cuenta.

Él hablaba y hablaba y hablaba y ella sólo se quedaba ahí, muda, mirándolo, pero se daba cuenta de que lo escuchaba.

Él hacía preguntas, pero ella no contestaba.

Era pequeña, pero también poderosa.

Tenía algún tipo de energía o de aura que era diferente.

Ninguno de sus trucos, si es que podía llamarlos así, funcionaban.

Y después recordó la asociación de palabras.

Era una técnica que sabía que los otros consejeros usaban, porque los había escuchado cuando las ventanas estaban abiertas y el aire acondicionado no hacía demasiado ruido.

Dell se dormía todas las noches con la televisión encendida.

Tenía horas de transmisiones grabadas, porque el sonido de otras personas, especialmente si no le estaban gritando, lo tranquilizaba.

Pero nada lo hacía quedarse dormido más rápido que algo educativo.

Y por eso, cuando se hacía tarde y Dell estaba listo para dormir, solía cambiarle a lo más aburrido que había grabado: un documental sobre la vida silvestre de los animales de Madagascar.

Unos científicos habían hecho el programa. Estaba lleno de hechos y sentimientos, dos cosas de las que Dell podía prescindir.

Si iba a ver un documental sobre naturaleza, los únicos que aguantaba eran aquellos en donde un depredador se comía a una bola de pelos con ojos grandes.

Pero le gustaba cuando la bola de pelos lo podía ver llegar.

Una buena persecución con un par de intentos fallidos de caza le añadían tensión a la futura escena del crimen.

Un narrador con una voz profunda, ronca (casi diabólica), dejaba todo puesto para la masacre. La magia comenzaba.

Y después, ¡bam!

Listo.

El programa de Madagascar no tenía nada de eso. Se enfocaba en un grupo de monos que parecían ardillas dentro de disfraces de mapaches.

No había nada de interés en ese programa y Dell se había quedado dormido frente a él muchas veces desde su llegada a Bakersfield.

Además de lo que le había dicho a Willow, no podía, ni quería, recordar nada del programa.

—Las lémures están a cargo de la tropa.

Mientras recogía sus cosas y se dirigía silenciosamente a la puerta, Dell se dio cuenta de que sus manos peludas temblaban un poco.

Nunca había conocido a una niña como ésta.

Rápidamente entró al formato electrónico que debía llenar después de cada sesión con un estudiante.

Por primera vez desde que sus Cuatro Grupos de lo Extraño habían comenzado a operar, Dell los dejó a un lado y revisó las tres áreas de evaluación de Dickie Winkleman:

Actividad

Paciencia

Atención

Willow era capaz de prestar atención.

Parecía mostrar paciencia (lo había escuchado balbucear durante la primera media hora de la sesión).

Pero no podía calificar su nivel de actividad.

Dell copió un párrafo de uno de los viejos archivos de Dickie Winkleman. Lo había escrito para un chico de nombre Wesley Ledbetter.

Dell se preguntaba si el problema de Wesley era que su nombre sonaba como "Mojacamas".[2]

Decía que Wesley parecía normal, pero necesitaba más evaluaciones para determinar posibles problemas de ansiedad.

En realidad, Dell sabía que la chica de doce años con grandes ojos (y que le había pedido que se checara la presión arterial) era todo menos normal.

Y por primera vez en su carrera profesional, no sólo estaba motivado.

Estaba casi inspirado.

El asesor tenía que añadir un nuevo grupo a su sistema.

Tuvo que acceder a la paleta de colores en su computadora e intentar febrilmente crear algo que pareciera metálico.

Algo que sobresaliera como tinta dorada.

Porque Dell Duke creía que había descubierto una nueva categoría de lo Extraño:

GENIO.

---

[2] Juego de palabras de la autora: *bed-wetter*, que rima con Ledbetter, en español significa mojacamas. [N. del T.]

Capítulo 8

Después de que me sacaron de la clase de la Sra. Kleinsasser y me llevaron a la oficina de la directora Eczema, los maestros y el resto de los estudiantes me trataban distinto.

Algunos de mis compañeros de clase, suponiendo que era una mañosa, me pidieron las respuestas para algunos exámenes.

Un chico de octavo grado, que a mí me parecía demasiado barbado para su edad, me exigió mi tarea de matemáticas del martes anterior.

Estaba tan anonadada que le di toda mi carpeta, que más tarde encontré cerca del baño de hombres.

Había dejado medio paquete de mentas, pero no creo que haya sido un regalo.

Me sorprendió estar esperando con ansias la larga caminata desde la Secundaria Sequoia hasta las oficinas del distrito, en donde tenía mi segunda sesión con el Sr. Dell Duke.

Tener adónde ir me dio una sensación de propósito.

Incluso si ello significaba mentirle de nuevo a mis padres.

Aunque suene triste, fue más fácil mentir la segunda vez.

Decidí que cualquier comportamiento, bueno o malo, se podía volver rutinario.

Probablemente por eso la gente era capaz de vaciar baños portátiles o regular la calidad de la comida de gatos enlatada en fábricas con métodos de control de calidad que involucraban pruebas de sabor.

Ahora, cuando sonaba la campana y la escuela explotaba de repente (porque así lo sentía), juntaba mis cosas con un nuevo gusto. (Me agradaba la palabra *gusto*. Deberíamos usarla más seguido.)

Las puertas de la escuela se abrían de par en par y los estudiantes salían del edificio como si acabaran de echar toneladas de desechos tóxicos adentro.

Ahora era parte de eso.

Yo también tenía un lugar adónde ir y una cantidad muy limitada de tiempo para llegar ahí.

Cuando llegué a la oficina de Dell Duke, de inmediato me di cuenta de que estaba preparado de manera distinta.

Aún se veía como si hubiera dormido toda la semana con la misma ropa, pero ahora su barba parecía recortada, o al menos lavada.

Y su oficina estaba arreglada.

Pero lo que de verdad me hizo sonreír desde que entré fue que ahora tenía un pequeño marco plateado detrás de su escritorio.

Y en el marco, como un pariente perdido, estaba la foto de un lémur.

Estaba nervioso.

Intento hacer plática, pero al final sólo escupió:

—¿Qué opinas de hacer un examen?, ¿uno como el que hiciste en la escuela?

Decidí que por eso estaba ansioso, así que le puse fin.

—Lo haré ahora mismo, si quiere.

Esto lo puso muy contento.

Tenía una carpeta con cuadernillos del examen detrás de su escritorio. De repente estaba muy acelerado y lo tuve que ayudar con los lápices y el reloj.

Intenté explicarle que no necesitaba los cincuenta minutos reglamentarios.

No me creyó hasta que terminé el examen en catorce minutos.

Cuando corrigió ese examen, tomé otro de la carpeta y lo resolví en doce minutos y 7 segundos.

Si hubiera tenido las condiciones adecuadas —un cuarto con ventilación decente y un vaso de té verde sin azúcar— me habría tardado dos minutos menos.

Me levanté para irme, porque ya se había terminado mi sesión, y Dell Duke estaba sonriendo.

Me dijo que no fallé en ninguna pregunta, en ninguno de los exámenes.

Dije, con mucha seguridad:

—Perfecto.

Quizás pensó que estábamos jugando, de nuevo, a asociación de palabras porque hizo un puño con la mano y lo jaló como si estuviera accionando un paracaídas (aunque yo nunca había hecho eso, tenía una idea de cuánta alegría podría darle a uno).

Después gritó:

—¡Willow Chance!

El Sr. Dell Duke no quería esperar otra semana para nuestra siguiente reunión.

Me dijo que regresara al día siguiente a primera hora.

Me dijo que llevaría una sorpresa a la siguiente sesión. A mí nunca me han encantado las sorpresas, pero no se lo dije.

Había planeado supervisar la acidez del suelo de mi jardín el resto de la semana.

Trabajé muy duro para mantener su pH en 6.5, pero estuve de acuerdo con regresar porque parecía muy emocionado con los exámenes y pensé que estaba deprimido.

Era posible que yo tuviera que ver un poco con el progreso de su salud mental.

La siguiente tarde llegué cinco minutos antes y de inmediato supe que había algo diferente.

La puerta estaba abierta, pero no completamente, como siempre. Sólo un poco.

Así que eché un vistazo y no vi a Dell Duke. Vi dos cuerpos.

No muertos.

Vivos.

Me hice para atrás, pero uno de los dos, la chica adolescente, ya me había visto.

Y dijo:

—Está bien. Puedes pasar.

Pero no sabía si debía hacerlo.

El cuarto estaba lleno y, aunque había una silla extra, me sentía como una intrusa.

Pero la chica se levantó, abrió la puerta y dijo:

—Ya nos íbamos.

Pude ver que un chico de más edad estaba inclinado sobre un libro de colorear y llenaba los espacios con mucha seriedad.

Yo nunca he entendido los libros de colorear.

Dibuja algo o no lo hagas. ¿Por qué perder el tiempo coloreando el trabajo de alguien más?

Sabía que Dell Duke veía a otros alumnos del distrito escolar, pero aún así me sentía incómoda.

La chica dijo de repente:

—Mi hermano no se va hasta que termina su tarea. Lo siento. Su sesión terminó hace diez minutos.

El chico le lanzó una mirada hostil, pero regresó a su tarea febril. Ella continuó:

—El Sr. Duke fue por un refresco. Al menos eso dijo. Pero se fue hace tanto que no le creo.

Asentí, pero no hablé.

Admiraba la sospecha de la chica y ahora esperaba que Dell Duke no entrara con una Pepsi de dieta en la mano.

Pensé en hablar con él sobre esas bebidas.

No son nada saludables.

Estaba cansada de la pelota de voleibol de la clase de gimnasia, así que tomé asiento en la oficina de Dell.

No quería estar mirando, pero la chica adolescente a mi lado era muy interesante.

Como yo, era imposible meterla en una categoría étnica.

A primera vista, podía ser afroamericana.

Su piel era oscura, su cabello negro brillante y con una cama de rizos.

Mantuve la cabeza mirando al frente, muy fija, pero la miraba de reojo cada vez que podía.

Con este examen cercano y periférico, me preguntaba si la chica era de alguna tribu nativa.

Me interesaban mucho las culturas indígenas.

¿Y si esta chica era parte de la tribu cahuilla?

Los cahuilla vivieron en el sur de California y tuvieron una buena época en Bakersfield.

Era posible.

Pero no muy probable.

No pude evitarlo. Volteé hacia la chica y le pregunté:

—¿Hablas takic?

Capítulo 9

Mai y Quang-ha

*Un líder logra que todos disparen
en la misma dirección*

Nguyen Thi Mai tenía catorce años y estaba en primer grado en la Preparatoria Condon, al otro lado de Bakersfield de donde vivía Willow.

Tenía un hermano llamado Quang-ha, que era un año mayor.

Quang-ha era un chico problemático.

Ella no.

Era determinada en todo lo que hacía, y esa cualidad atraía a las personas hacia ella.

Mai tenía mucha confianza en sí misma. O, como pensaba ella, había nacido con una voluntad fuerte, mientras que el resto del mundo era muy blando.

Ni los adultos ni los extraños, de cualquier edad, la intimidaban.

Porque Mai, como siempre decía su madre, había nacido en el año del dragón, y eso significaba nobleza, poder y fuerza.

Desde la segunda semana de clases, los jueves por la tarde, esos chicos tomaban un autobús hasta las oficinas principales del distrito escolar para la cita de Quang-ha en la unidad móvil sin ventanas de Dell Duke.

Mai llevaba el dinero para el autobús, una botella de agua y dos snacks. Aunque era un año menor que su hermano, siempre había sido su niñera.

Mai esperaba a que terminara la sesión de Quang-ha, y después iban juntos al Barniz Feliz, el salón de uñas de su madre.

Mai sabía, por supuesto, que ella y su hermano destacaban en Bakersfield.

El papá de su madre había sido un soldado estadunidense negro. Por esto, la mamá de Mai, cuyo nombre era Dung, había sido marginada.

Cuando el gobierno de Estados Unidos le dio una oportunidad a Dung, ella viajó a través del mundo hasta California. Durante los siguientes diez años tuvo dos hijos con un hombre de México (que poco después del nacimiento de Mai se fue para no regresar jamás).

Dung se cambió el nombre a Pattie cuando se enteró de lo que significaba en inglés.[3] Pero, aunque lle-

---

3 *Dung:* caca. [N. del T.]

vaba veintiún años en Estados Unidos, su correspondencia aún llegaba a nombre de Dung. A sus hijos no les gustaba nada.

Dell había ignorado (más de lo normal) sus casos.

Le dio a la peste conocida como Quang-ha un libro de figuras geométricas para colorear y le pidió completar tres páginas.

A Dell le sorprendió que, en lugar de quejarse, el adolescente hostil parecía entusiasmado en emplear lápices de colores para llenar espacios en blanco.

Cuidadosamente, sin que nadie lo viera, Dell se subió a su auto y se marchó. Tenía cincuenta minutos para terminar con un pendiente.

Dell Duke regresó sin una lata de refresco, pero con una jaula para transportar mascotas. Su voz sonó demasiado aguda y rasposa cuando dijo:

—Quang-ha, ¿por qué no has terminado? Te pedí que te fueras al diez para las cuatro.

Quang-ha siguió coloreando y no se molestó en mirar hacia arriba.

Mai y Willow Chance se fijaron en el panel frontal —parecido a una celda— de la caja de plástico beige, detrás de la cual había un enorme gato anaranjado.

Dell Duke era insistente:

—¡Tienen que irse! ¡Mi próxima cita está aquí!

Quang-ha siguió trabajando con el lápiz color mostaza como si le fueran a pagar por cada trazo.

Esto no debió haber sorprendido a Dell, porque el chico estaba en asesoría por no seguir instrucciones en el salón y por problemas de autocontrol.

Pero era *Dell* quien parecía tener problemas de autocontrol. Su cara se puso roja y dejó la jaula en su escritorio mientras alzaba la voz:

—¡Listo! ¡Terminado! ¡No más colores!

Willow estaba hundida en su silla.

Y cuando eso sucedió, Mai se levantó. Era como un tigre salvaje liberado en el cuarto sin aire.

—¡No nos levante la voz! Él no hizo nada malo. Si mi hermano quiere terminar su dibujo, ¡*va a terminar* su dibujo!

Inhaló profundamente y continuó:

—Se suponía que venía a una asesoría, pero usted se fue todo el tiempo. ¡Eso no está bien! Está demorado para su cita con esta chica, ¡y *eso* tampoco está bien! Y algo más: no creo que esté permitido tener animales aquí. ¡Podríamos acusarlo!

Capítulo 10

⸎

Sentí que mi presión arterial se elevaba.
Pero de una buena manera.

Esta adolescente de apariencia exótica era atrevida.

Le gritaba al Sr. Dell Duke y su tono de voz exigía que el mundo entero escuchara cómo nos defendía a su hermano y a mí.

Fue ahí, en esa pequeña casa rodante a orillas del asfalto caliente del estacionamiento del distrito escolar de Bakersfield, donde encontré a una chica mayor que sólo me decepcionaba por su incapacidad de hablar el idioma de los miembros de la tribu cahuilla.

Encontré a Mai Nguyen.

Dell Duke nos miró fijamente pero no dijo nada.

Más bien, sacó el único conejo que tenía en la chistera, que resultó ser un gato dentro de una caja.

Nos lanzó una sonrisa débil y abrió la puerta de metal de la jaula de plástico.

Después dijo:

—Éste es mi gato, Cheddar. Pensé que les gustaría conocerlo.

Así que ésta era mi sorpresa.

Le había dicho que mi padre era alérgico al pelo de animales, por lo que yo no podía tener un perro o un gato, ni siquiera una cabra pigmea.

Éste era el intento de Dell de complacerme. De establecer un lazo. Trajo a su gato. Era extraño, pero en ese cuarto, ¿qué no lo era?

El gato dio varios pasos (que parecían en cámara lenta) sobre el escritorio. Yo sabía que los gatos se comportan de esa manera tan casual porque son más independientes.

No corren a saludar a una persona para llenarlo con su alegría.

No buscan validación ni reconocimiento.

No juegan con la pelota ni hacen caras lindas para decir: "Ámame, por favor".

Su falta de interés no sólo es atractiva, sino seductora.

Porque los gatos te hacen intentar e intentar.

Todos vimos cómo Cheddar se desplazó por el escritorio, frotando su enorme cuerpo contra la jaula de plástico (en donde Dell tenía muchos papeles que parecían oficiales, y que de repente sentí que simplemente tiraba a la basura sin haberlos leído siquiera).

El gran gato olisqueó un par de espacios, pero no encontró el lugar muy satisfactorio.

Sin ninguna provocación evidente, saltó hacia el suelo y rebotó hacia la entrada como una pelota de futbol brillante y llena de pelo anaranjado.

Vimos cómo Cheddar llegó al estacionamiento y se echó a correr, y en unos instantes el gordo gato había desaparecido.

Durante 37 minutos seguidos buscamos a Cheddar debajo de los autos, detrás de los arbustos y alrededor del edificio.

Pero no lo encontramos.

Dell aseguraba sentirse muy mal, pero parecía que Mai y yo nos sentíamos peor.

Después de detener nuestra búsqueda, todos regresamos a la oficina de Dell a hacer volantes de GATO EXTRAVIADO.

Dell no tenía fotos de su gato, cosa que me pareció muy extraña porque, por lo que he leído, una de las mayores alegrías de quienes tienen una mascota, es sacarles fotos.

Pero el problema quedó resuelto cuando Quang-ha dibujo a lápiz un retrato perfecto de Cheddar, que pusimos en el centro del volante que decía GATO EXTRAVIADO—AYUDA—RECOMPENSA.

Dell no quiso poner un monto exacto para la recompensa.

Yo creo que los incentivos económicos son cruciales para la motivación, sobre todo en una sociedad de consumo como la nuestra.

Pero no discutí.

Nos juntamos alrededor de la fotocopiadora en la oficina principal y vimos juntos cómo se reproducía la imagen.

Fue entonces cuando pude identificar una nueva sensación.

Nunca había sido parte de un trabajo grupal con chicos más grandes.

Y aunque no tuvimos éxito en encontrar al gato perdido de Dell, no pude evitar experimentar una suerte de logro mientras estaba parada al lado de Mai y su arisco hermano mayor.

No pretendía ser nadie más que yo misma, y aun así me aceptaban en su tropa.

Me sentía humana.

Sólo así puedo describirlo.

El Sr. Dell Duke nos llevó a casa.

Dijo que tenía que llevarme a mí primero, y supuse que tal vez era inapropiado que estuviera solo en su vehículo con una niña.

Los padres debían dar permiso para que los estudiantes salieran de la propiedad escolar con algún trabajador del distrito.

Pero no quise levantar ningún tipo de alerta roja, aunque ése era mi color favorito.

Durante un momento comencé a divagar, pero no con pensamientos sobre estructuras celulares o algo similar.

Me encontré tratando de imaginar la casa de Mai y Quang-ha.

Quizás era una casa con algún pariente crónicamente enfermo, interesado en exámenes regulares efectuados por una persona joven que lo pudiera escuchar sin fin y tomar notas precisas.

O quizás tenían un departamento con un observatorio para aficionados construido en el techo con un poderosísimo telescopio.

En el asiento trasero, quería intercambiar información personal vital con esa chica tan intrigante llamada Mai.

En un destello de fantasía pura, me vi caminando con una muestra de su sangre para hacer una secuencia genómica.

Porque aunque Mai me había contado, mientras buscábamos al gato, que su mamá era de Vietnam, yo no me quitaba la idea de que podía tener algo que ver con la tribu cahuilla.

Éste era uno de mis secretos: cuando era más joven, imaginé que era una princesa india.

Mirando por la ventanilla del auto, y haciendo un repaso de mi vida, comprendí que los orígenes son de suma importancia.

Incluso si no los conocías.

Yo estaba llena de energía.

Ya en casa, fui a la cocina y me preparé un trago de agua caliente mezclada con una cucharada de miel (de mi propio panal) y una cucharada de vinagre hecho en casa (con manzanas bien maduras, azúcar morena y agua destilada).

Mientras tomaba mi bebida amarga, estaba segura de que ese día, a pesar de la pérdida del gato, había sido un triunfo.

Tener una amiga —incluso una que era más grande e iba a la preparatoria— me abriría las puertas a otro mundo.

Esa tarde tomé una decisión.

Aprendería todo lo posible sobre gatos perdidos y Vietnam.

Sentía como si estuviera subiendo una barrera después de pasar mucho tiempo intentando atravesarla.

Capítulo 11

❧

Mai vio a Willow salir del asiento trasero y dirigirse a su casa jalando su maleta con ruedas.

Quang-ha murmuró:

—Que alguien le compre una mochila.

Mai le lanzó una dura mirada, que sabía mantendría quieto a su hermano.

Podía ver que la casa de la chica extraña estaba pintada del color del curry de camarón que su madre preparaba. Era un amarillo audaz que destacaba en ese vecindario apagado.

Pero lo que en verdad le interesaba a Mai estaba detrás de la casa.

Por un lado, un montón de bambú de tres pisos de altura se proyectaba hacia el cielo. Al otro lado de la propiedad, una palmera enorme y varios eucaliptos azules más pequeños temblaban juntos con el viento de la media tarde.

Viendo las propiedades de al lado, parecía que en la casa de Willow había una jungla.

Nadie más tenía eso. No en un vecindario que pasaba doscientos días al año sin lluvia.

Quizás, teorizó, sus papás tenían un invernadero.

Su hermano no parecía nada interesado en Willow, o en su casa, pero Dell miró con atención y la nariz pegada al cristal mientras Willow sacaba una llave de un bolsillo de su equipaje.

Cualquier chico normal habría volteado para despedirse, o para hacer cualquier cosa para agradecer a las personas en el auto.

Pero Willow simplemente abrió la puerta y entró, desapareciendo en las sombras de la casa de color curry.

Era intrigante.

Una vez que Willow entró a su casa, Mai vio cómo Dell Duke arrancó tan rápido su Ford que parecía un carrito de carnaval.

Mai entrecerró los ojos con actitud de sospecha.

¿*Tanto* le urgía deshacerse de ellos?

Interesante.

No tenía muy buena opinión del asesor, pero durante las últimas horas se había estado sintiendo mal por su gato.

Ahora regresaba rápidamente a su antigua postura.

Dell Duke no era muy bueno en su trabajo.

Después de que Dell dejó en casa al alborotador y a su hermana lanzallamas, se fue a su casa.

La ruta lo llevó directamente hacia las oficinas administrativas del distrito escolar, y ahí vio a Cheddar sentado sobre un basurero en el lado sur del estacionamiento.

Ni siquiera frenó un poco para verlo mejor.

Había ratas en esa propiedad. Eso era un hecho.

A Dell le parecía que Cheddar podía arreglárselas solo ahí, e incluso perder un kilo o dos en el proceso.

Dell había recogido al gato después de leer en internet un aviso sobre una mascota perdida.

No era un albergue, así que no tenía que pagar ninguna cuota. Sólo pidió aquella bolsa de pulgas e incluso aceptó la jaula de plástico que le dieron.

La mujer parecía muy entusiasmada por regresar el gato a su dueño. Dell casi se sintió mal.

Aun así, iba a tirar los volantes de GATO EXTRAVIADO a la basura. Había prometido a los chicos que las pegaría por ahí, pero sólo para mantenerlos tranquilos. Se habían puestos muy ansiosos con la pérdida de Cheddar.

Los volantes estaban en el piso del asiento del copiloto.

Mientras esperaba en el tráfico, tuvo que admitir que el dibujo, junto con la dedicada e imaginativa sesión de coloreado que hizo Quang-ha, era un poco perturbador.

Ese chico era un Lobo Estepario.

Era color verde.

Le parecía mal que un delincuente tuviera talento artístico.

Pero cualquiera podía ver, por el retrato de Cheddar, que el chico tenía algo de sentido visual.

Dell pensó en cambiar de categoría a Quang-ha.

Lo pasaría a morado, a Extraño.

Dell comenzó a preguntarse si todos los tipos de aseveraciones eran cuestionables.

Y eso sí que era Extraño.

Una vez en su departamento atiborrado de cosas, Dell se quitó su camisa apestosa y se sirvió un vaso grande de vino tinto. Después metió al microondas un pastel de carne congelado, supuestamente bajo en calorías.

La caja decía que era para tres personas.

Estaba tratando de ponerse a dieta, pero siempre terminaba comiéndoselo todo.

Después, Dell maniobró por sus montañas de basura y se sentó en su silla de jardín, que utilizaba dentro de la casa.

Le sorprendía que la gente no se diera cuenta de que una tumbona decente era más fácil de mover e igual de cómoda que un sofá.

La mayoría de los reclinables para el jardín tenían rueditas, y podías lavar de un manguerazo el colchón si tirabas un tazón de salsa… ¿y a quién no le ocurría eso de vez en cuando?

En circunstancias normales, Dell hubiera prendido la televisión para ver algún tipo de *reality show*, y después de consumir suficiente pastel de carne y vino, se habría quedado dormido, quizás con la boca abierta, lo que inevitablemente se volvía una fuente de saliva rosada.

La saliva habría manchado otro tipo de mueble, pero se deslizaba completamente por los cantos de la silla de jardín, lo que era otra de sus ventajas.

Dell despertaría horas más tarde y, si tenía energía, caminaría por el laberinto de cosas hasta su recámara, donde se metería en su bolsa de dormir.

Ésta era otra de sus decisiones de vida.

Una vez al año llevaba la bolsa de dormir a la lavandería. ¡Olvídate de sábanas y cobijas! La vida moderna ya tenía demasiados retos como para echarle encima tender la cama todos los días.

Pero esa noche Dell no se quedó dormido en su pequeña piscina de baba. Se mantuvo despierto en la bolsa de dormir, que le parecía tenía olor a oso (una mezcla de pelaje húmedo, hojas muertas y botellas de vino vacías), pensando en los eventos de ese día y en la niña genio.

Capítulo 12

◦~◦

Tenía un plan.

Siempre iba caminando a la oficina de Dell Duke para mis citas, pero ahora que sabía que Mai y su hermano estarían ahí antes que yo, quería llegar más temprano.

Así que la siguiente semana entré a internet y pedí un taxi para que me recogiera en la acera cuando terminaran las clases.

Para mí, esto era algo muy valiente y temerario.

Esperé frente al letrero de GIGANTES DE SEQUOIA y el taxi llegó justo a tiempo.

Me pareció un buen comienzo.

Jalé mi maleta hasta la puerta del taxi, me incliné sobre la ventana abierta y dije:

—Me gustaría ver el número de su licencia de taxi y prueba de que ha cumplido con los requerimientos de frenos y luces.

El nombre del chofer era Jairo Hernández, y llevaba siete años trabajando para Mexicano Taxi.

Estaba nerviosa, pero él también parecía nervioso.

No parecía, sin embargo, alguien que me secuestraría para cortarme en pedacitos.

Después de revisar sus documentos (que le costó bastante trabajo encontrar), me subí al asiento trasero.

Cuando se alejó de la acera, cogió su teléfono y su radio para hablar con alguien. Habló bajo.

No sabía que yo hablo español fluido.

Esto es lo que dijo:

—*Al principio pensé que estaba recogiendo a una persona muy pequeña para ir al aeropuerto, porque tiene equipaje. Pero luego me acerqué y me di cuenta de que sólo es una niña. Te digo, hombre, es una especie de operativo secreto. ¡Me pidió todos mis documentos! Hubiera pisado el acelerador, pero tenía la mitad del cuerpo dentro de la ventana. Qué duro, amigo. Si una niña puede emboscarte afuera de una secundaria, ¿qué sigue?*

Dos cosas.

Nunca había estado en un taxi.

Y nunca había estado en un auto con un completo extraño.

De repente era una exploradora, una aventurera.

Podía sentir mi corazón latiendo con fuerza.

Me dirigía a ver a una nueva amiga.

Muy bien, la persona en cuestión era dos años mayor que yo, y parecía tener problemas con el manejo de su ira (y un hermano con problemas con la disciplina y la autoridad).

Pero ningún organismo vivo es perfecto.

Cualquier científico sabe eso.

Cuando llegamos al estacionamiento de las oficinas administrativas del distrito escolar y ya había pagado la tarifa, más dieciocho por ciento de propina, me sentí muy complacida por haber hecho todo eso yo sola.

Miré a Jairo Hernández justo a los ojos y le dije:

—Nunca dejes que nadie te diga que no puedes.

Y cerré la puerta del auto.

Estaba hablando de mí, pero por su expresión, me parece que pensó que hablaba de él.

Cuando di vuelta en la esquina, vi que Mai estaba sentada en los escalones afuera de la entrada de la oficina de Dell.

Quizás era mi imaginación, pero me pareció que la chica estaba contenta de verme.

Aceleré el paso manteniendo el control de mi maleta roja con la opción de ruedas giratorias.

Cuando llegué a la casa rodante, pude decir lo que había esperado toda la semana:

—*Chị có khôè không?*

Me dijo que mi saludo tenía una inflexión perfecta.

Había aprendido ochenta y cinco frases en vietnamita durante los últimos siete días, así como un gran número de conjugaciones verbales.

Probé algunas más con ella.

Mai estaba muy impresionada, no sólo porque pudiera decir esas cosas, sino porque ella había pasado dos semanas tratando de enseñarle, sin éxito, cuatro palabras de vietnamita a una amiga de su mamá.

Así que mi esfuerzo había valido la pena.

El tiempo pasó volando.

Conversamos, primero en inglés y después en pedacitos de vietnamita.

Por lo general, la "charla menuda" me parecía aburrida.

A mí me gusta la "charla grande", que trata más de teorías y conceptos, mezclado con datos y cantidades conocidas.

Pero no tuvimos ningún problema para encontrar qué decirnos, porque de inmediato Mai quiso saber sobre el jardín de mi casa.

Todo ese verdor la intrigaba.

Le hablé de algunas de mis plantas y le di una sencilla explicación de algunos experimentos botánicos.

Y cuando me di cuenta ya habían pasado cuarenta minutos y la puerta se abrió, y apareció Dell Duke con Quang-ha a su lado.

Los ojos del asesor se ensancharon al vernos.

Quería saber cuánto tiempo llevaba ahí afuera y de qué habíamos hablado.

Dell Duke no era tan amigable como yo pensaba.

Y me dio la impresión de que quería empujar a los hermanos Nguyen por las escaleras.

Su sonrisa estaba tiesa, y dijo:

—Muy bien, es hora de la sesión de Willow. Adiós, chicos.

Insistí en dejar la puerta abierta para ver a Mai y Quang-ha perderse en la distancia.

En el último momento, antes de que el par doblara en la esquina, Mai volteó y se despidió con la mano.

La puerta estaba en cierto ángulo que hacía imposible que ella me viera.

Pero Mai sabía que yo estaba ahí.

De repente sentí un nudo extraño en mi garganta.

Tenía una nueva, vieja amiga. Una chica de preparatoria.

Se sentía como una protectora.

Era como una especie de magia.

Me senté en la silla y escuché a Dell Duke.

Ese día no haría ningún examen.

Dijo que regresaríamos a los juegos de palabras.

Esta vez me diría el nombre de una industria y yo tenía que contestar crecimiento financiero a "largo plazo" o "corto plazo".

Le expliqué que yo tenía muy pocos conocimientos de economía.

En realidad la consideraba una ciencia social, no una ciencia dura, y no me interesaban esas cosas, así que me había mantenido al margen.

Pero no me escuchó.

Estaba preparado para nuestra sesión y tenía un portapapeles cubierto de notas.

Yo podía leer de cabeza con mucha facilidad, y de inmediato me di cuenta de que no tenía ningún tipo de organización.

Sus listas tenían tachones y flechas y todo tipo de redireccionamientos a burbujas llenas de pensamientos desordenados.

Decidí ignorarlo.

Lo primero que dijo fue:

—Compañías farmacéuticas.

Dell me había dicho que debía contestar "alto crecimiento", "mediano crecimiento", "cero crecimiento" o "mercado erosionado".

Era un juego bastante apestoso.

Yo pensaba que las compañías farmacéuticas probablemente siempre estarían en crecimiento, porque cada vez se desarrollaban más medicamentos; y el campo de la medicina avanzaba con mucha rapidez.

Eso era un hecho.

Así que la respuesta tendría que ser "alto crecimiento", especialmente entre la población adulta.

Pero dije "mercado erosionado" porque decidí que quería jugar al juego opuesto.

Sólo que no se lo dije.

Quería ver si él estaba prestando atención.

Pero lo triste fue que nunca se dio cuenta.

Sólo siguió escribiendo mis tonterías.

En el camino a casa evalué mi situación.

Ser un Gigante de Sequoia era una enorme desilusión.

Pero ir a la nueva escuela implicaba ver al asesor de cabeza redonda, y eso me permitió conocer a mi nueva amiga, Mai.

La escuela era mejor desde que me di cuenta de que lo único que tenía que hacer para salir de educación física (y del violento deporte de voleibol) era decir que tenía migraña.

Decía que me estaba quedando ciega del dolor y me enviaban a la enfermería.

Sabía que a la enfermera, la Srita. Judi, le agradaba porque discutíamos cosas como epidemias de gripe y las estadísticas detrás de los sangrados de nariz espontáneos.

Así que para cuando llegué a la puerta de mi casa, estaba muy contenta.

Capítulo 13

Jairo Hernández

Un peregrino es un alguien que viaja a un lugar espiritual

Jairo miró sus papeles en el asiento de al lado. Su licencia. Su información de verificación vehicular.

Cuando comenzó a manejar el taxi, se suponía que sólo sería de manera temporal.

Y ya habían pasado años.

Jairo llamó a la oficina y dijo que tomaría un descanso.

Después fue a la Universidad de Bakersfield, en donde recogió un folleto sobre el programa Camino de Carrera, una oportunidad de educación continua para personas después de los treinta.

Iba a investigar los requisitos para ser un técnico médico.

La chica que recogió esa tarde le movió el tapete.

Se dio cuenta de que era algo como un chamán cuando le dijo:

—Nunca dejes que nadie te diga que no puedes.

Era una señal de advertencia.

Y Jairo le ponía atención a las señales.

Por primera vez en su vida, Dell pensó en el trabajo cuando llegó a casa.

El destino le había puesto a Alberta Einstein en el camino y debía averiguar cómo aprovecharla.

¿Tal vez ella podría volverlo más inteligente?

Definitivamente parecía que podría mejorar su situación financiera.

Una cosa era segura: con ella en su vida, todo estaba sucediendo muy rápido.

Capítulo 14

❧

La siguiente semana entré a internet y de nuevo llamé a Mexicano Taxi. En la sección de comentarios/peticiones pedí que me mandaran a Jairo Hernández.

Llegó a tiempo y tenía sus documentos listos para mí en el asiento delantero.

Los revisé de nuevo porque creo que es importante ser muy atenta con esas cosas.

Cuando Jairo arrancó el auto, me di cuenta de dos cosas.

La primera era que se acababa de cortar el cabello. La segunda era un poco más alarmante.

Ya que su cabello era más corto, podía ver un lunar en su cuello.

Pero no uno normal. Tenía, en mi opinión, evidencias de ser un problema. Era asimétrico y tenía puntos rojos y azules en los bordes rotos.

Uno de cada cien niños nace con lunares. Dudo que eso sea muy divertido para los padres.

¿Quién quiere un niño lleno de puntos?

Pero casi todos los lunares aparecen en los primeros veinte años de vida.

Por eso, si aparece un nuevo lunar o cambia de apariencia, se debe poner atención en esa área (médicamente hablando).

No quería alarmar a Jairo Hernández.

Pero había una verdadera posibilidad de que no estuviera al tanto de ese lunar, porque estaba en su nuca.

Así que mientras llegábamos a mi cita con el Sr. Dell Duke, miré atentamente su problema.

Y me sentí obligada a escribir lo siguiente:

Necesita que un dermatólogo haga una biopsia en el lunar (nevus) que tiene en la nuca. Si no es mucha invasión a su privacidad, me gustaría mucho ver el reporte patológico. La próxima semana tomaré un taxi a la misma hora. Es importante, así que no se tome esta sugerencia a la ligera.

Willow Chance

Le di el mensaje cuando me bajé del taxi.

Mai y yo ya podíamos hablar con más facilidad en vietnamita.

Tras escuchar obsesivamente por la noche lecciones en audio diseñadas para los trabajadores del gobierno, ahora dominaba los tonos y los acentos.

Podías bajar las lecciones gratuitamente si tenías una contraseña, que no era difícil conseguir si sabías lo que estabas haciendo.

Era como si tuviéramos un lenguaje secreto, porque en la escuela nadie hablaba vietnamita además de Quang-ha y Mai.

Caminábamos por los edificios y el estacionamiento, todavía medio buscando a Cheddar, pero en realidad sólo hablábamos.

A las dos nos interesaba la botánica, así que intenté explicarle algunas cosas que sabía, pero sin sonar como un conductor del Discovery Channel.

Estábamos sentadas debajo de uno de los pocos árboles afuera de la oficina principal cuando le dije, en vietnamita:

—Eres mi nueva mejor amiga.

Mai estaba callada. Yo sabía que ella tenía muchos amigos en la escuela, y que su amiga Alana era a quien consideraba su amiga más cercana.

Yo sólo era una chiquilla, y me di cuenta de que me había sobrepasado.

¿Qué tipo de persona conoce a alguien un par de semanas y dice eso?

Así que añadí:

—Ya que acabo de comenzar en una nueva escuela, ahora eres mi única amiga, así que eso hace que no sea para tanto.

Y eso la hizo sonreír.

Capítulo 15

Roberta y Jimmy Chance

*En lenguaje de señas, el movimiento para decir
padres es la palabra* mamá *seguida de la palabra* papá

Roberta Chance finalmente estaba en su cita con
el doctor.

Había pasado un año desde que vio una manchita
en el lado izquierdo de su pecho.

Iba a mencionarlo durante su examen, pero el Dr.
Pedlar la vio antes de que tuviera oportunidad.

Momentos después, enviaron a Roberta al Centro
de Resonancias de Bakersfield.

Ni siquiera consideraron hacer una cita para después.

La querían ahí en ese momento.

Sólo estaba a tres cuadras, así que Roberta dejó su
auto y caminó hasta allá.

La técnica médica parecía estarla esperando, pero no
sonrió cuando le dio su bata color lavanda.

Y casi todo el mundo le sonreía a Roberta.

No fue hasta que se vistió de nuevo después del ultrasonido cuando se le ocurrió que algo andaba mal. Entonces el doctor le pidió que fuera a su oficina.

¿Pero no estaban ya en su oficina?

Roberta siguió al doctor Trocino por el estrecho pasillo hasta un pequeño cuarto con cuadros de ángeles rosados.

En el escritorio del doctor había un jarrón lleno de flores de seda que quizás alguna vez se habían visto bien, pero que ahora estaban polvorientas y deslavadas en el costado que daba a la ventana.

Fue ahí, sentada en una silla que se sentía húmeda, como si alguien hubiera orinado en ella y nunca se hubiera secado bien del todo, que le dio la noticia.

Era un tumor.

La boca del doctor se movía y ella lo podía escuchar, pero no significaba nada porque esto no le estaba sucediendo a ella.

Alguien más estaba en esa silla.

El doctor se levantó y le dijo que la dejaría sola un momento y que podía llamar a su esposo.

Jimmy Chance operaba maquinaria pesada, así fue como él y Roberta se conocieron.

Saliendo de la preparatoria, los dos se inscribieron a un curso para obtener una licencia de manejo comercial.

Roberta era la única chica en clase, pero Jimmy la hubiera notado aunque el cuarto hubiera estado lleno de bellezas, porque ella era abierta y confiada.

Pero en realidad se sintió atraído a ella porque era feliz y se le notaba.

Ahora, cuando salió del trabajo para ir al centro médico, él era el que se sentía enfermo.

¿Qué significaba todo esto? Dijeron que necesitaban programar su cirugía de inmediato. Su voz estaba apagada en el teléfono.

La última vez que la escuchó así fue cuando, en la clínica de fertilidad, dijeron que no podía tener hijos.

Le había tomado diez minutos decidir que adoptarían, y su entusiasmo por la vida regresó de inmediato.

Eso se tardó cuatro años, pero la adopción había funcionado. Así que esto funcionaría. Habría una respuesta. Tenía que haberla. Por él. Por Willow. Por ella.

Sí. Por ella.

Porque él haría cualquier cosa...

Por ella.

Roberta y Jimmy se sentaron afuera del centro médico en una banca de madera sucia.

Ella se recargó, sin querer, en un montón de desechos de ave.

¿A los pájaros les daba cáncer?

Jimmy tomaba su mano, pero los dos estaban callados.

Ella lo agradecía.

Había tanto que decir, pero en verdad era muy poco. Ya se habían dicho todo lo importante.

Roberta puso su cabeza en el hombro de su esposo y, ahí sentada en silencio, no pensó en sí misma. Ni en su esposo. Pensó en Willow.

El amor por su hija, literalmente, le dificultaba la respiración.

Roberta cerró los ojos para mantener las lágrimas atrapadas debajo de sus párpados. Tomó una decisión.

No le dirían. Willow estaba demasiado interesada en la medicina como para lidiar con esto ahora.

La enterarían de la situación cuando hubiera terminado.

Después de lo que parecieron cinco minutos, pero fue más de una hora, se levantaron para marcharse.

Decidieron dejar el auto de Roberta en el estacionamiento e irse en la camioneta de Jimmy hacia la siguiente cita.

No estarían solos hasta que todo eso estuviera solucionado.

Nunca.

Era media tarde y el sol golpeaba de manera brutal. Los conductores estaban malhumorados mientras se desplazaban por las calles congestionadas y no cedían un solo centímetro. Cada quien veía sólo para sí mismo.

Pero Jimmy y Roberta estaban en su propio mundo en el asiento delantero de la camioneta. Viajaban por la Calle Eye y, más adelante, la luz estaba en rojo.

Jimmy frenó un poco, pero antes de detenerse por completo la luz se puso en verde.

Por lo general, Jimmy siempre veía si alguien estaba entrando a la intersección.

Pero no esta vez.

No ahora.

La mano de Jimmy se estiró para tocar el brazo de su esposa, y en el momento exacto en que hizo contacto con ella, el mundo se vino abajo.

Fueron impactados en el centro de la intersección por un chofer de Artículos Médicos Med-Service. Su camión estaba cargado con tanques de oxígeno y ya tenía cuarenta minutos de retraso.

El chofer vio que el semáforo se puso en amarillo y aceleró, pensando que podría librar el alto.

Pero en su lugar fue a dar justo contra una camioneta.

Jimmy murió en el momento, pero aun así lo subieron a una ambulancia y lo llevaron con su esposa al hospital.

Roberta dejó de respirar tres horas después durante una cirugía de emergencia.

El chofer quedó en coma.

El único pedazo de metal que no quedó destruido o calcinado fue un triángulo amarillo con letras negras que decía:

¡LA SEGURIDAD ES PRIMERO! Dime cómo manejo:

Llama al 800 Med-Supp. Camión #807

Capítulo 16

~~~

Mai y yo nos sentamos en los escalones afuera de la oficina.

Cuando la puerta se abrió, y Dell y Quang-ha salieron, me levanté y seguí a Mai por las escaleras.

La frente de Dell se arrugó.

Mai le lanzó una pequeña sonrisa.

—Willow no quiere tener sesión hoy. Y estábamos pensando que podíamos ir todos por un helado. Conos de chocolate, de preferencia.

Dell se veía como si acabara de perder el control de sus esfínteres. Tartamudeó:

—Willow t-tiene una cita. No es op-opcional.

Miré hacia la distancia. Quang-ha no pudo aguantar la risa.

Dell volteó de Mai hacia mí.

—Willow, te ordenaron venir aquí por problemas de conducta. No es opcional.

Lo miré.

—Me enviaron con razones falsas.

Por primera vez, Quang-ha parecía interesado en lo que sucedía. Dijo:

—¿Por qué le tienen que dar asesoría a ella? Se lleva con mi hermana, así que no puede tener ningún problema.

Dell entró en pánico. Comenzó a balbucear:

—Tú... yo... Debemos... Hoy...

Mai salió en su rescate. Miró al asesor (cuyos brazos se agitaban como si quisiera volar) y dijo:

—Queremos ir a Fosters Freeze. Puedes llevarnos. Tú y Willow pueden hablar sobre su asesoría en el auto.

Podía ver en la cara de Dell que estaba sorprendido con la insolencia de la chica.

Después Mai me habló en vietnamita y yo le contesté. Dijo que creía que nuestro plan estaba funcionando. Le dije que estaba de acuerdo.

Dell y Quang-ha estaban sorprendidos. Supongo que no estaban preparados para escucharnos.

Poco después estábamos en el auto de Dell, de camino a Foster Freeze.

Y ahí fue donde todo comenzó.

Porque cuando vi que las oficinas del distrito escolar desaparecían en la distancia, estaba segura de que la vieja dinámica entre Dell y Mai y yo se había terminado.

Y los finales son siempre los comienzos de algo nuevo.

Capítulo 17

De regreso al ahora

Parientes cercanos.

Eso quieren saber. Parentesco. ¿Quién habla así?

Pero es lo que me preguntan.

Uno de mis parientes está en Valiant Village, que es una institución para pacientes con demencia.

Este "pariente" es el padre de mi madre.

Mi abuela Grace se sienta en una silla en el lobby frente a una chimenea que no funciona. Incluso come ahí.

Un ayudante la alimenta.

Su esposo murió de un infarto en su cumpleaños sesenta y seis, y a partir de entonces comenzó a perder la noción de las cosas.

¿Debería decirles?

Mi papá tenía un hermano, pero era más grande y se desapareció de la familia cuando encontró trabajo en el extranjero como contratista privado del ejército.

Nadie había escuchado de él en años; mi papá ni siquiera sabía si su hermano seguía vivo.

Intenté encontrarlo cuando yo tenía diez años y, por lo que averigüé, estaba segura de que había muerto en algún tipo de accidente que involucraba un avión de carga.

Pero no les dije a mis papás.

Y mi mamá era hija única. Sus padres murieron cuando ella tenía veinte años. Ni siquiera me tocó conocerlos.

No tengo tías ni tíos ni primos. No somos ese tipo de familia. Hemos tenido mala fortuna y mucha mala salud. Y ahora esto.

Cuando pensaba en las historias de salud de mis parientes, era el único momento en que me daba gusto ser adoptada.

Ahora ya no puedo pensar.

No me puedo concentrar.

No puedo respirar.

No.
No.
No.
No.

No.

No.

Después de muchas preguntas, lo único que le digo a los oficiales es:

—Tengo una abuela que todos los días cree que es jueves.

Las sombras se hacen más largas.

Me siento en los escalones.

Las lágrimas no se detienen.

Y yo casi nunca lloro.

No volveré a ser la misma.

Las dos personas con las que tengo que estar en contacto, las dos personas que más necesitan escuchar estas noticias horribles, no están.

Mis dientes comienzan a rechinar.

Quiero cerrar los ojos y hacer que todo se detenga.

Ya no me importa si mi corazón golpea en mi pecho o si mis pulmones se mueven.

¿Para quién se mueven?

Mai se sienta junto a mí, y sus manos toman mi hombro. Hace un arrullo con la boca. Es como el sonido de una paloma. Viene de un lugar muy profundo.

Intento enfocar todo en este sonido.

Me hace pensar, por un instante, en el pequeño rechinido que hizo el periquito de cola verde cuando se cayó del nido hace años.

Veo a Mai. También está llorando.

Los oficiales, con Dell Duke detrás de ellos, hacen llamadas. A la estación de policía. A Servicios Sociales. A una docena de trabajadores distintos y agencias mientras buscan a alguien que les pueda decir qué hacer.

No escucho.

Pero los oigo.

Ya no puedo contar de 7 en 7.

Escucho una voz en mi cabeza que dice: "detente".

Es lo único que sé.

¿Deberían llevarme a algo llamado "protección de menores"?

¿Si no pueden localizar a un pariente cercano, me pueden entregar a un amigo de la familia?

Tengo que ir al baño y, finalmente, se vuelve una sensación abrumadora. Saco la llave de mi casa y se la doy a Mai, que abre la puerta.

Cuando entro, estoy segura de que mi madre está en la cocina.

Mi padre va a venir de la cochera con los lentes de mi madre.

Todo esto fue un gran error.

Pero la casa está a oscuras y no hay nadie.

Ahora es una casa de fantasmas.

Es un museo del pasado.

Estamos

a c a b a d o s.

Capítulo 18

❧

Willow por fin quiso entrar a usar el baño.

Mai le dio una toalla húmeda y fría para que se la pusiera en el rostro.

La chica encontró una bolsa de papel en un cajón de la cocina. Fue al cuarto de Willow, en donde se quedó mirando fijamente un rato desde el marco de la puerta.

No parecía la habitación de una niña de doce años.

Todas las paredes tenían libreros desde el suelo hasta el techo y todos estaban llenos. Aquí había más cosas para leer que en algunas librerías.

Justo encima del escritorio (que tenía un microscopio y una computadora muy compleja) había un corcho lleno de fotografías de plantas.

Mai fue a la cama, en donde unas piyamas rojas estaban bien dobladas sobre un edredón café. Las metió en la bolsa de papel. Mai se dio la vuelta y fue cuando vio el libro en la mesa de noche de Willow.

Estaba abierto, boca abajo.

Por la posición del lomo, Mai podía ver que casi estaba al final.

Se acercó y vio que el libro era de la biblioteca de Bakersfield y se titulaba *Tradiciones y costumbres vietnamitas*.

Y fue cuando supo que Willow iría con ella.

Mintió.

Le dijo a la policía que conocía a Willow desde hacía muchos años, no sólo un par de semanas.

Dijo que su madre firmaría cualquier papeleo porque sus familias eran muy, muy cercanas.

Dell Duke no la contradijo porque su historia era tan convincente, que ahora medio le creía también.

Quang-ha, enfadado por la policía, se había quedado en el auto de Dell todo el tiempo. No había movido un músculo.

Así que Mai era la autoridad en esa situación.

Mientras Dell se alejaba, podía ver a los vecinos saliendo a la calle. Pero Willow, con los ojos cerrados en el asiento trasero, no vio nada.

Dell manejó más lento que nunca, dirigiéndose hacia el salón de uñas con la patrulla detrás de él.

Nadie lo supo, pero pasaron por la misma intersección en donde Jimmy y Roberta habían chocado.

Aún había un vehículo oficial en la escena, pero ya habían recogido los restos de la camioneta y el camión.

Había cuatro marcas grises en el pavimento, en donde habían derrapado las llantas.

El auto de Dell pasó justo encima de la ceniza.

Entraron al estacionamiento del Barniz Feliz y Mai abrió la puerta del auto inmediatamente. Ella y Quang-ha parecían estar en una carrera por llegar antes a la tienda.

Pero Willow no se movió.

Dell decidió esperar con ella, pero lo estaba matando.

La acción verdadera estaba sucediendo detrás de esa ventana con letras moradas en forma de salchicha que decían:

¡MAN + PED ESTILO EUROPEO!

ATENDEMOS SIN CITA

Dell leyó el mensaje al menos una docena de veces, pero no lo comprendía.

Tenía que concentrarse.

No sólo había dos personas muertas, sino que ahora se tendrían que llenar todo tipo de reportes oficiales, y se haría demasiado obvio que el Sr. Dell Duke había sacado a tres chicos de la propiedad escolar para comer helado y papas a la francesa y mirar gansos.

Qué mala suerte haberlo hecho hoy.

Había policías involucrados y algunos trabajadores sociales ya estaban avisados.

Era una pesadilla.

En muchos sentidos.

Era crucial que Dell pareciera profesional, lo que era una de las cosas más difíciles para él.

Miró a Willow por el espejo retrovisor.

Tenía los ojos cerrados, pero aún así las lágrimas escurrían por las orillas y bajaban por sus mejillas oscuras.

Deseaba poder decirle algo que la reconfortara. Después de todo, era un asesor entrenado.

Así que volteó al asiento trasero y dijo:

—Es una gran pérdida.

Después exhaló y más palabras salieron como puré de manzana de la boca de un bebé.

—No es mucho consuelo, pero probablemente nunca experimentes una pérdida así otra vez.

Dell continuó, ya incapaz de controlarse.

—Así que eso te debe tranquilizar un poco, saber que lo peor de tu vida ya quedó atrás. Quiero decir, una vez que *esté* detrás de ti. Lo que no sucederá pronto, obviamente.

Para horror de Dell, el nivel de angustia de la chica parecía aumentar con cada palabra que él decía.

¿De qué estaba hablando?

Dell se aclaró la garganta e intentó estabilizar su voz mientras terminaba:

—Porque así es la vida. Y estas cosas pasan…

Guau. ¿De verdad dijo eso?

¿Cuántos chicos se van a la escuela y regresan a casa para enterarse de que sus dos padres murieron? Quizás en Somalia, en plena guerra, o en algún lugar así. Entonces podría decir legítimamente: "Estas cosas pasan".

¿Pero aquí?

¿En Bakersfield?

Era brutal.

Dell se mordió el interior de la mejilla izquierda y mantuvo la boca cerrada hasta que pudo sentir el sabor de la sangre.

Era lo que necesitaba para quedarse callado.

Capítulo 19

Pattie Nguyen

Un líder organiza a las personas aunque ellas no lo sepan

‹∾›

Fue una tarde lenta en el salón y Pattie estaba haciendo inventario, lo que nunca era su actividad favorita.

Pero había que hacerlo. Casi todos los días desaparecían botellas de barniz. Estaba segura de que se las llevaban tanto sus clientes como sus empleadas, así que tenía que estar bien atenta.

Como dueña de un pequeño negocio, debías demostrar que te importaban estas cosas, incluso si el barniz de uñas, que compraba a granel, sólo le costaba sesenta y nueve centavos la pieza.

Era uno de los secretos para el éxito: preocuparse por las cosas grandes *y* por las pequeñas.

O, en el caso de Pattie, preocuparse por todo.

Ella deseaba que todas sus clientas sólo quisieran barniz rojo. El rojo era el color de la suerte.

Pero Pattie tenía más de cien tonos en sus pequeños frascos.

Dejó una botella de rojo fuego y recogió una de azul pavorreal, un tono que era muy popular, pero no traía buena suerte.

Con el azul en su mano derecha, se asomó por la ventana y vio un sedán polvoriento estacionándose enfrente.

Una patrulla lo seguía.

Nada bueno.

Quizás si hubiera dejado la botella roja en su mano esto no estaría pasando. Lo pensó aun cuando sabía que no tenía lógica.

Y después vio, con el pulso en ascenso, que sus dos hijos se bajaban del Ford sucio y corrían hacia el salón.

En verdad nada bueno.

Pattie tiró la botella en la basura. Iba a descontinuar el azul pavorreal de la mala suerte.

Durante su primera semana de escuela, Quang-ha no había entrado a algunas clases y se había peleado con los maestros. Estaba en riesgo de ser expulsado.

Pattie le pidió al director que lo mandara con un asesor. Creía firmemente que necesitaba que una autoridad lo asustara para enderezarlo.

¡Pero no una autoridad de verdad!

Definitivamente no la policía.

Y antes de que pudiera adivinar qué había hecho, sus hijos estaban dentro del salón y los dos hablaban al mismo tiempo.

Quang-ha quería que su madre supiera que Mai había mentido.

Era un momento importante para él porque ahora el campo de juego estaba parejo.

Ahora no era el único que torcía las palabras.

Pero Mai, hablando rápidamente en vietnamita, levantó su voz sobre la de él.

No se trataba de la mentira.

Se trataba de un accidente de auto y de una chica que había perdido a sus padres. Sólo eso le importaba a Mai.

Quang-ha argumentó que ni siquiera conocían a la chica. Involucrarse era meterse en problemas.

Pattie trató de solucionarlo, pero no pasó mucho tiempo antes de que los oficiales de policía estuvieran frente a ella listos para lanzarle una avalancha de preguntas.

Antes de que pudieran hacerlo, Mai tomó la mano de su madre y la jaló hacia la puerta. Pattie la siguió, pasando justo entre dos oficiales de policía.

Mai la llevó hacia el auto de Dell, en donde abrió la puerta del asiento trasero sin decir nada para que su madre pudiera estar frente a frente con Willow.

Pattie vio dolor.

Sus ojos se enfocaron en una versión de sí misma cuando era joven, y de otros tantos chicos en Vietnam que crecieron sin padres, algunos abandonados por su etnia, otros por la tragedia.

Y sus brazos se extendieron.

✎

Después de que Pattie firmó el papel que le daba responsabilidad legal sobre Willow durante las siguientes veinticuatro horas, la patrulla salió del estacionamiento como un auto en fuga.

Sólo quedó Dell Duke.

Quería que lo invitaran a casa. Ahora era parte de esto.

Pero Pattie lo ignoró mientras cerraba el salón, gritando órdenes en vietnamita a las dos manicuristas.

Dell se quedó junto a la caja registradora tratando de parecer relevante.

Pero no estaba funcionando.

Aunque Pattie apenas media 1.50 metros contra sus casi dos metros, no dejaba de acorralarlo contra la puerta.

—Mañana hablamos.

Dijo esto más de una vez y después lo tomó del codo y literalmente lo sacó del salón.

Dell alcanzó a decir:

—Debería tener su teléfono. Quiero decir, lo tengo en el archivo de Quang-ha en la oficina, pero yo...

Pattie no lo escuchaba o simplemente no estaba interesada.

Sacó un gran aro lleno de llaves y con Dell en la banqueta regresó al salón y comenzó a cerrar la pesada puerta.

Dell estaba del lado equivocado del cristal. Pero continuó como si siguiera en la habitación, levantando la voz mientras decía:

—Muy bien. Me voy. Ha sido un día largo. Para todos...

Entrecerró los ojos para ver mejor a Willow, pero estaba agachada con Mai a su lado.

Ni siquiera se había despedido.

Pattie apagó las luces fluorescentes. Los vidrios de las ventanas estaban polarizados, lo que hacía aún más difícil ver hacia adentro.

Dell caminó a su auto. Cuando volteó, el salón estaba lleno de sombras. Seguramente salieron por una puerta trasera.

Pensó en seguir su auto, pero de repente le cayó encima todo el peso de lo que acababa de suceder. La enormidad de la situación le pegó con fuerza.

Dell se metió a su Ford, puso la llave en el arranque y comenzó a llorar.

Los músculos de su cuello cedieron y, mientras sollozaba, su cabeza cayó sobre el volante.

Y fue cuando sonó el claxon, despertándolo, y a todo el mundo a su alrededor, a una nueva consciencia.

Capítulo 20

Nunca he visto a esta persona en mi vida.

Pero sus brazos están alrededor de mí.

Bien apretados.

Porque esta mujer es tan fuerte que uno creería que su abrazo podría ahogarme.

Pero, por el contrario, es la primera vez que logro tomar un respiro verdadero desde que escuché lo que sucedió.

Viven detrás del salón, en una cochera.

Una cochera de verdad, no una convertida en otra cosa. Podrías mover un par de cosas y meter ahí un auto.

No hay baño.

Caminan por el callejón en la parte trasera, hacia el salón, en donde hay un retrete y una pequeña regadera.

No les parece extraño vivir en la cochera.

Porque están acostumbrados.

La cochera sólo tiene una ventana y no parece que sea parte de la construcción original.

Estoy segura de que alguien sólo cortó un cuadrado en la pared de yeso sobre madera sin aislar.

Un aire acondicionado de apariencia antigua cuelga del borde de la ventana falsa, y el vidrio ha sido cubierto con un trozo de tela decorativa.

La tela está completamente desteñida del lado donde le da el sol, y lo que sea que haya tenido pintado ya no está.

Aun con el aire acondicionado, la cochera es increíblemente caliente.

Incluso si está puesto al máximo.

Unos tapetes cubren el piso agrietado de concreto, que más bien parece una enloquecida colcha de ratán coloreada y plástico tejido.

Hay un colchón matrimonial y un catre individual juntos en un extremo de la cochera. Es el área de dormir.

El otro espacio está ocupado por una larga mesa de metal donde dos platos y un microondas están junto a latas de raíces de bambú y castañas de agua.

Una variedad de sartenes y ollas cuelgan de unos ganchos al lado de cucharones, coladores y grandes cajas de cereal, que deben haber salido de Costco.

Mamá compra de ésas.

Y sólo eso hace que mi corazón se rompa de una manera atroz.

Un pequeño refrigerador está conectado a un adaptador que tiene seis distintos aparatos alimentándose de la misma fuente de energía.

Me consta que eso no es seguro.

Y luego mis pensamientos giran.

Sería bueno que la cochera se incendiara.

Si yo estuviera aquí sola.

Porque si quedara atrapada en una llamarada provocada por una sobrecarga eléctrica en la pared, el dolor abrasador de haber perdido a mi mamá y a mi papá se esfumarían conmigo.

Sería liberada.

Sería libre.

Mai me pregunta si me quiero acostar.

Pero no puedo hablar.

En ningún idioma.

Pattie hace una sopa blanca y nebulosa con trozos de cebolla verde flotando hasta arriba.

Y de repente hay un plato de tiras de cerdo saladas que aparece de la nada.

Disfagia es el término médico que se utiliza cuando no puedes tragar, y yo sé que hay dos tipos de disfagia: orofaríngea y esofágica.

Pero quizás haya un tercer tipo de disfagia que aparece cuando el corazón se te rompe en pedazos.

No puedo tragar porque tengo ese último tipo.

Mai le dice a su hermano que cruce el callejón.

Sólo le lanza un rugido.

Le pregunta en vietnamita:

—¿Por qué siempre me estás diciendo qué hacer? Eso no está bien.

Se toma su tiempo, pero al final se va.

Cuando Quang-ha ya no está, Pattie y Mai me ayudan a quitarme los zapatos y los pantalones.

Me ponen mi piyama roja. No sé cómo llegó hasta aquí mi ropa.

Sigo sin poder comer.

Y no sólo porque soy vegetariana.

La mamá de Mai sirve un poco de sopa en una taza de café y la acerca a mis labios.

Es como alimentar a un pájaro bebé. Tragos pequeños.

Sé lo difícil que es porque fui la mamá de un periquito.

Así que le doy pequeños tragos que saben a sal, como si fueran las lágrimas de alguien.

Y luego Pattie prende un incienso en forma de triángulo y lo pone en un plato rojo.

Inclina su cabeza y sus ojos brillan, toma mi mano y las dos lloramos.

Mai se recarga en su madre y, por primera vez en mi vida, mi memoria desaparece.

Sé que no recordaré nada de esta noche porque intentaré, tan fuerte como pueda, no pensar nunca más en ella.

Ganaré esta batalla.

Capítulo 21

Quang-ha estaba enojado.

Eso era lo normal. Pero esta ira fresca le tocó una fibra más profunda que la mayoría de sus explosiones de frustración.

Porque ya no tenía privacidad antes de esto.

Dormía apretujado junto a su hermana y su madre. ¿Qué diferencia hacía que tuviera su propio colchón?

¿A quién intentaban engañar?

¿Vivían en una cochera y ahora permitían que alguien viera su situación y, peor aún, formara parte de ella?

Era demasiado.

Esa chica era extraña. ¿Nadie se daba cuenta?

Miren su ropa y su cabello y sus anteojos y su equipaje con ruedas. Escuchen su voz susurrante y su risa, que sonaba como si alguien la estuviera estrangulando.

Además… ¡Hablaba vietnamita! ¿De qué se trataba *eso*?

Quizás era una especie de espía, o al menos una nerd absoluta. Sólo aprenderías ese idioma si te lo empujaran por la garganta… como todo lo demás en su vida.

No iba a sentir lástima por ella porque sus padres murieron en un choque.

Muy bien, tal vez sintió pena por ella cuando se enteró, y ella estaba temblando, pero ya no.

De ninguna manera.

Para nada.

Sentía lástima por sí mismo.

Porque él no pidió nacer. No pidió que su padre se fuera en un camión para no volver jamás.

No pidió que cada cosa en su vida oliera a barniz de uñas. Su ropa, incluso sus zapatos, tenían ese hedor químico.

Otra cosa por la que estaba enojado era porque dormía en ropa interior.

¿Y ahora cómo iba a hacer eso?

Su ropa interior era de robots. Como la de un niño pequeño. ¡Y estaba en preparatoria!

Su madre nunca pudo diferenciar entre algo *cool* y algo para idiotas, porque lo único que le importaba era que estuviera en oferta.

Bueno, ahora tendría que dormir con pantalones porque no iba a dejar que la chica viera a los robots.

Y lo odiaba porque sus pantalones se enrollaban en sus piernas y era casi imposible doblar las rodillas y dormir de lado, que era la manera más cómoda.

Y, por si fuera poco, estaba en el suelo de una cochera del lado equivocado de las vías en Bakersfield.

❧

La mañana siguiente Willow le dijo a Mai que no iría a la escuela. No dijo "nunca más", pero así le sonó a Mai.

Parecía muy decidida.

Quang-ha también intentó no ir a la escuela, pero no funcionó.

Así que Quang-ha y Mai recogieron sus cosas y caminaron por el ya caliente callejón. Mai le prometió a Willow que correría a casa apenas saliera.

Pattie tenía el número telefónico del Departamento de Servicios Infantiles del Condado de Kern. Debía llamar a primera hora porque le asignarían un trabajador social a Willow para que su caso quedara oficialmente abierto.

Pattie pensó que sus familiares llegarían pronto, o que los amigos de su familia, ya enterados, se harían cargo.

Todos tienen una red de personas en sus vidas.

Pattie sólo deseaba que quien se hiciera cargo de la pequeña de los ojos negros y húmedos hiciera un buen trabajo.

Capítulo 22

Quiero apagar el sol y vivir en la oscuridad.

Despierto encima de un colchón en el suelo de una cochera al otro lado de la calle del salón de uñas de la mamá de Mai.

Siento que ha pasado mucho tiempo, y no tengo idea de dónde estoy.

Espero estar soñando.

Pero no es así.

Sucedió ayer.

Su enorme peso cae sobre mí con una fuerza mayor a la de la gravedad.

Es aplastante.

Tengo doce años y, por segunda ocasión, no tengo padres.

Si analizas las probabilidades de ser regalada al nacer y perder otro par de tutores legales 147 meses y 7 días después, estoy en el extremo de la gráfica.

En el uno por ciento del uno por ciento.

Aún puedo caminar y hablar y respirar, pero no tiene mucho sentido.

Sólo es algo que mi cuerpo hace.

No voy a regresar a la escuela.

No necesitas ver muchos documentales sobre la vida animal para saber que la manada no acepta al rezagado solitario.

Y con la excepción de Margaret Z. Buckle, la manada nunca me aceptó, así que no me pierdo de mucho.

¿Cuándo eliminaron las competencias de deletreo semanales de las primarias?

Es la única actividad en la que me hubiera anotado.

Sólo hay una persona a la que voy a extrañar ahora que no soy una Gigante de Sequoia.

La señorita Judi.

La enfermera de la escuela.

Ella vio más de mí que cualquier otro estudiante y compartimos el amor por la erradicación de gérmenes.

Deseo que le vaya bien.

Estoy sentada en la parte trasera del salón, junto al armario de los materiales.

Encontré una funda para muebles y la enrollé para tener en dónde sentarme.

Quería quedarme en la cochera, donde está oscuro, pero Pattie insistió en que estuviera en donde pudiera verme.

No iba a discutir.

Apenas la conozco.

No comí mi desayuno Inicio-Saludable, y no porque nunca hubiera oído hablar de él, sino porque aún no puedo tragar.

Tengo un trabajador social.

Pattie Nguyen me lo dice después de colgar el teléfono.

Pido papel y pluma. Llegan dos de las manicuristas. Apenas las noto.

Decido escribir mis pensamientos. Pero no los verdaderos. No puedo poner en papel la idea de que quiero gritar, tan fuerte como pueda, hasta que mi garganta se quiebre.

Así que hago una lista.

Intento concentrarme en eso.

Una hora más tarde, una mujer llega al salón.

Pero no quiere manicura.

Tiene una postura que sugiere dolor lumbar. Probablemente pasa mucho tiempo sentada. Y tiene una fuerza abdominal inadecuada.

Se lo diría, pero ahora es lo que menos me importa.

Todos, ahora me doy cuenta, viven en un mundo de dolor. Pero estoy segura de que el mío es más grande que el suyo.

La mujer con la espalda mala habla de frente con Pattie.

No tengo idea durante cuánto tiempo.

Ya no quiero seguir midiendo las cosas.

Sólo escucho partes de su conversación.

Aunque hablan sobre mí, no me importa.

Nada de lo que digan cambiará el hecho fundamental de mi vida, que es tan avasallador que no le puedo dar voz.

Escucho que la mujer le dice a Pattie que ha trabajado en muchos "casos de este tipo".

No parece cierto.

¿Por qué cuántos niños de 12 años de Bakersfield han perdido a sus padres en una sola tarde?

También escucho a la mujer explicando que el Centro Infantil Jamison fue establecido en el Condado de Kern "para darle a los niños en situación de emergencia albergue y protección en un ambiente seguro y cálido".

Eso no puede ser bueno.

La mujer habla y Pattie no responde.

Ni siquiera dice "ajá" o "comprendo".

Es como yo.

Callada.

Admiro eso en una persona. La habilidad de quedarse callado suele ser una señal de inteligencia.

La introspección requiere pensar y analizar.

Es difícil hacerlo cuando te la pasas parloteando.

Al final, Pattie señala hacia atrás y un segundo después la mujer de aspecto oficial está inclinada sobre mí y dice:

—Mi nombre es Lenore Cole y estoy aquí para ayudarte.

Le doy un pedazo de papel.

Parece sorprendida, pero se endereza (con un pequeño gesto de dolor, lo que confirma mi diagnóstico) y lee:

1. Mis padres no tienen familiares apropiados para aceptar responsabilidad legal sobre mí.

2. No creo que nadie en el círculo de amistades de mis padres esté en posición de aceptarme en sus vidas. No pertenecíamos a ninguna organización o iglesia que pudiera tener grupos de ayuda.

3. No quiero regresar, por ninguna razón, a la casa que habitaba en Citrus Road. Quisiera que llamaran a Haruto Ito, el dueño de Jardinería Ito, para decirle que mi jardín ahora es su responsabilidad. Él entenderá.

4. Quisiera mi computadora e impresora, que están en mi habitación. Hay un gabinete grande con mis tarjetas de archivo médico. Quisiera ésas también. También necesito todos los cuadernos azules, y mi ropa, la caja metálica que está debajo de mi cama, que contiene mis ahorros, la toalla anaranjada del baño, mi vaporizador, y mi copia del Atlas de anatomía humana, de Frank H. Netter y Sharon Colacino. También mi calculadora TI-89 Titanium Plus, que está en mi escritorio. Por favor, tengan cuidado con ella.

5. Quisiera que pusieran todas las fotografías de mis padres en una bodega, para revisarlas en el futuro.

6. Me gustaría solicitar formalmente una autopsia de mi papá y mi mamá. Necesitaré una copia de ese reporte, aunque por ahora no lo leeré.

7. Quisiera el DVD de la película *Adaptation*. Está en el mueble debajo de la televisión en la sala.

8. Necesito que guarden en un sobre todas las imágenes e información que está en mi corcho. Por favor, tengan mucho cuidado con la foto del lémur firmada por las leyendas de la vida silvestre Beverly y Dereck Joubert.

9. Quisiera que me recetaran un sedante para ayudarme a lidiar con la ansiedad. Después quizás

necesite medicamentos para la depresión, pero necesito ver reportes extensos sobre los efectos a largo plazo en adolescentes. También me gustaría un complejo vitamínico especialmente diseñado para uso juvenil.

10. Por ahora, me quedaré en el Salón de Uñas Barniz Feliz. Espero que la familia Nguyen lo permita y sean recompensados por hacerse cargo de mí. Tengo siete libros de la biblioteca. Deben ser devueltos. Nunca he tenido una multa por demoras y no quiero comenzar ahora.

Respetuosamente,
Willow Chance

La mujer está anonadada por la claridad de mi escrito.

O quizás esa expresión intensa en su rostro es normal.

Como sea, es un alivio que no sonría.

Durante un periodo, inconmensurable ahora que nada puede ser cuantificado, mi trabajadora social intenta de varias maneras convencerme de que me vaya con ella.

Yo no digo nada.

Y no muevo un solo músculo más que para tomar respiros superficiales, casi imperceptibles.

Sé que esto puede ser desconcertante para las personas.

Ya no puedo contar de 7 en 7, pero puedo conjugar verbos irregulares en latín, y hago eso mientras me habla.

Finalmente, cuando es obvio que sus palabras no están funcionando, la mujer sugiere que la fuerza es una alternativa.

No dice que si es necesario me llevará hasta su auto de los cabellos.

Pero lo entiendo.

Así que, al final, no me queda otra opción más que ir con ella.

Me sorprende que me cueste tanto trabajo despedirme de Pattie Nguyen.

Pone sus brazos alrededor de mí y deseo que se quede así.

Pero por supuesto no puede.

No digo nada, pero supongo que las lágrimas que corren por mis mejillas son muy elocuentes porque Pattie se voltea abruptamente y se va hacia la parte trasera del salón.

Es la despedida más difícil que he tenido.

Ayer, a esta hora, ni siquiera la conocía.

Capítulo 23

❧

El **Centro Infantil** Jamison es la institución del condado que provee albergue de emergencia.

Lenore Cole me da un folleto.

Lo leo, pero me da la sensación de que el lugar es para niños cuyos padres los golpean o no les dan comida de verdad porque están muy ocupados drogándose, o robando, o algo así.

Mientras nos dirigimos al edificio, pongo mis dedos índice y medio en mi arteria carótida, justo detrás de mi oreja, para tomar mi pulso.

Sé que mi frecuencia cardiaca está en algún tipo de zona de peligro.

Entramos.

Mi papeleo está en proceso.

Enseguida veo que las puertas tienen candados en ambos lados. Se cierran con un clic.

Hay cámaras de seguridad en cada habitación.

Las personas están mirando.

Es un gran error que yo esté aquí.

De repente, tengo problemas para respirar. No puedo meter aire. Y no puedo sacar aire.

Tomo asiento en un sillón color lima con violeta y lucho por retomar el control de mis pulmones.

Alguien dejó una copia de la edición matutina de la *Gaceta de Bakersfield* en la mesa en forma de elefante.

Una fotografía ocupa la mayor parte de la página.

El encabezado dice:

FUERTE CHOQUE AUTOMOVILÍSTICO COBRA DOS VIDAS

Una tercera persona está en coma

Debajo de las letras veo la camioneta de mi papá, está deshecha y calcinada, entrelazada con una retorcida camioneta de una empresa médica.

Y todo lo que hay en mi campo de visión desaparece.

Me golpeo la cabeza contra la mesa en forma de elefante cuando experimento el síncope, o una pérdida de la conciencia temporal mejor conocida como desmayo.

Sí, me desmayé.

Y cuando sucedió, el borde filoso de la trompa del paquidermo hizo un corte justo en mi glabela.

La sangre está por todas partes porque las heridas en la cabeza sangran profusamente.

Voy de la conciencia a la inconsciencia, y la confusión se siente bien.

Repentinamente hay todo tipo de anuncios en el sistema de audio.

Y luego escucho a alguien decir que necesito puntadas porque es una cortada profunda y está justo entre mis cejas y probablemente dejará una cicatriz.

Suspiro:

—Mi glabela...

Pero las personas no saben que la glabela es el espacio entre las cejas.

Escucho que alguien dice:

—¡Está preguntando por Bella!

Cierro los ojos de nuevo.

Muchas cosas en la vida son estresantes.

La frente está formada específicamente para proteger la cabeza de este tipo de heridas.

Es un hueso, y como la defensa de un auto, está diseñada para recibir golpes.

Así que es un accidente muy extraño desmayarse y caer de tal manera como para cortarse justo entre los ojos con la sorprendentemente peligrosa trompa de una mesita en forma de elefante.

Pero así me pasó.

Y ahora hay sangre.

Mi sangre.

Cuando está seca, la hemoglobina es una proteína contenedora de hierro que compone el noventa y siete por ciento de cada glóbulo rojo.

Pero mezclada con agua, que es como circula por el cuerpo, sólo compone un treinta y cinco por ciento.

La hemoglobina es lo que une al oxígeno.

Ahora que Jimmy y Roberta Chance no están, ¿qué me une al mundo?

Me llevan al Hospital Mercy porque soy una chica de doce años y no quieren que sufra una desfiguración facial.

Al menos es lo que escucho que alguien susurra en el pasillo.

La enfermera de Jamison me pone una venda sobre la herida y me pide que sostenga una compresa helada contra ésta.

Y luego Lenore Cole y yo regresamos a su auto y nos dirigimos al Hospital Mercy.

Dos veces me pregunta si sigo sangrando, y me pregunto si está preocupada por las vestiduras de su auto.

Se veía muy mal que una trabajadora social tuviera en su auto una mancha permanente de la sangre de un niño.

No pidieron una ambulancia porque no era necesario, pero no me hubiera importado subirme a una.

En Mercy me siento en la sala de espera de Urgencias, y no me toma tanto tiempo darme cuenta de que este lugar no tiene doble candado en las puertas ni cámaras de seguridad, como en Jamison.

Me dan nueve puntadas.

La Antigua Yo habría pedido siete, porque ése era mi número favorito.

Pero el doctor pone nueve.

No digo nada cuando me lo dice.

Ahora parece que tengo una oruga entre mis ojos.

Pero esto no es lo más importante que sucede después de golpearme en la ahora peligrosa mesita en forma de elefante.

Porque después de beber agua, y revisar mi expediente médico por cuarta ocasión, pido usar el baño.

Le digo a Lenore Cole que regresaré de inmediato.

Y la mujer me cree.

No voy al baño.

En su lugar, tomo un elevador al tercer piso, luego camino hasta la otra ala del hospital y utilizo las escaleras traseras para llegar a la cafetería.

Una vez ahí, le pido a una mujer con cara de aflicción (conozco la mirada), con una bata verde y botas de esquí si puedo utilizar su teléfono.

No dice que sí, pero tampoco dice que no.

Marco el número de Mexicano Taxi y pido que me envíen a Jairo Hernández.

Conozco sus placas y se las doy al despachador. Digo que quiero que me recoja en la esquina de Truxton y Calle A.

Es a una cuadra del hospital.

Cuando le regreso el teléfono a la mujer de la bata, noto que tiene una pulsera de hospital en su muñeca.

Así que es una paciente.

Antes de que mi vida cambiara por completo, me hubiera sentado con ella a discutir su condición.

Pero ahora sólo digo en una voz que parece automática:

—Descanse. Es crucial para la recuperación.

Y me voy.

Capítulo 24

❧

Jairo estaba espantado.

Esta niña era algún tipo de mística.

Como se lo sugerí, fue con un doctor. Y *esa mañana* le habían removido el lunar de su cuello. Ahora esperaba el reporte. La biopsia.

Pero el doctor había dejado claro que el pedazo negro de piel era algo malo.

No le había dicho a nadie en el trabajo y tenía una bufanda en el cuello para cubrir el vendaje.

Miró su mano derecha y se dio cuenta de que estaba temblando.

Jairo cerró sus ojos y dijo una oración en silencio. Nunca hacía eso. Pero esto era serio.

Incluso un no creyente creería.

Ahora, mientras se acercaba a la banqueta, pudo ver que la chica había sufrido algún tipo de accidente, porque tenía una línea de puntadas entre los ojos, que estaban hinchados y enrojecidos.

Parecía que había estado llorando mucho.

Quería saber qué había sucedido.

¿Alguien la había lastimado?

Sintió que la ira se apoderaba de él. Si alguien le había hecho daño a esta chica, tendrían que lidiar con *él*.

La chica de doce años de poca estatura se metió a su taxi, y con un hilo de voz dijo que no tenía dinero para pagarle.

Le preguntó si podía dárselo otro día de la semana, o enviárselo por correo… lo que fuera mejor para él.

Jairo dijo que sí, claro, la llevaría a cualquier parte.

Sin cargos.

Quería ir a la Biblioteca Beale Memorial.

Estaba a pocos kilómetros de distancia, pero hacía calor y dijo que no quería caminar a ningún lado.

Jairo le preguntó si estaba bien y ella sólo asintió y cerró los ojos.

Encendió sus direccionales y regresó al carril. Se dio cuenta de que había vivido en Bakersfield durante once años y nunca había entrado a la biblioteca.

Eso estaba mal.

Era pública y estaba llena de conocimiento.

Mientras conducía, Jairo comprendió que necesitaba dejar de escuchar a tipos enloquecidos gritándose unos a otros en los programas deportivos y comenzar a pensar en algo que tuviera consecuencias que fueran reales e importantes.

Ella lo estaba guiando.

Ahora lo sabía.

Sí.

Ella era su ángel.

Mientras se acercaban a su destino, Jairo miró por el espejo retrovisor. La fantasma/profeta/inspectora/ángel se estaba quitando algún tipo de cinta de plástico de la muñeca.

¿Una pulsera de hospital?

Eso parecía.

¿Por qué lo veía apenas ahora?

Iba a aprender a ser un mejor observador de todas las cosas.

Pero especialmente de su propia vida.

Cuando salió de su taxi, la niña le dijo que volvería a saber de ella.

Él no lo dudaba.

Y la observó mientras ella se dirigía a la biblioteca.

En el asiento trasero había una bolsa para la basura. Jairo metió la mano y sacó la pulsera de hospital.

Tenía escrito:

Willow Chance. Número de identificación 080758-7

Jugaría esos números en la lotería durante el resto de su vida.

Capítulo 25

❧

Sí, trabajaba para el Sistema Unificado de Educación de Bakersfield.

Y, bueno, ah, sí, había escuchado o, más bien, *sabía*, que había ocurrido un accidente en el que estaban involucrados los padres de una de las chicas a las que ayudaba.

Debía concentrarse. El miedo le revolvía el cerebro.

¿Qué decía la mujer?

—El reporte policiaco dice que usted la llevó a casa…

Dell estaba rechinando los dientes mientras su mandíbula se deslizaba de atrás hacia delante y su lengua chocaba con su paladar, formando una especie de vacío espumoso.

—Sí, he estado trabajando con ella. Soy un asesor. Es una tragedia.

Y luego escuchó:

—Queremos que venga a Jamison. Podría formar parte de la búsqueda.

Era como si de repente el sol atravesara el cielo nublado. Todo cambió de color y de tono y de intensidad.

—¿La búsqueda…?

La voz contestó:

—Está extraviada. Podría ser de alguna ayuda.

Ahora incluso escuchaba campanas en la distancia.

La voz de Dell se elevó dos octavas.

—¿*Podría*?

Dell salió del trabajo y manejó diez cuadras para pasar por la casa de los Chance, en donde varias docenas de ramos de flores de vecinos y colegas yacían en los escalones de la entrada, marchitos por el calor.

Alguien había hecho un letrero que decía:

JIMMY Y ROBERTA D.E.P

Pero el viento de la noche anterior debió volar el letrero, porque ahora estaba en el jardín del vecino.

Un grupo de velas consumidas estaban en el sendero del jardín, y a su lado había media docena de botellas de cerveza vacías.

Parecían, pensó Dell, los restos de una mala fiesta.

Willow Chance, según las autoridades —¿él era parte de ellas? ¡Eso parecía!—, no tenía parientes cercanos.

Pero ahora la chica estaba perdida.

Habían enviado una patrulla a Barniz Feliz, pero no estaba ahí.

La mujer a cargo estaba jugando una versión del juego de la culpa, acusando a todo el mundo.

Él conocía bien el juego, pues siempre había sido un soplón.

Cuando tengas duda, haz berrinche. O acusa a alguien falsamente.

Pero en medio de la confusión una cosa estaba clara: le estaban pidiendo su ayuda.

Podía sentir su poder en la habitación. Era una nueva sensación que, literalmente, lo estaba mareando.

¿Y si fuera capaz de encontrar a la chica perdida?

Estaban concentrados en "juego sucio". Secuestradores que pudieran haber sido vistos por cámaras de seguridad u otro tipo de sistema de vigilancia.

Pero Dell sabía en su corazón que la niña de doce años no se había encontrado con ningún juego sucio.

Era más probable que estuviera asistiendo a algún doctor durante una cirugía a corazón abierto, a que algún cretino la hubiera secuestrado.

Pero no levantó la mano.

Así que cuando Lenore se sentó con otros empleados para hacer reportes policiales y pedir entrevistas con trabajadores del hospital, Dell se excusó y entró a la página de internet del distrito escolar.

Y luego se dirigió a la preparatoria de Mai.

Capítulo 26

〰️

Viviría aquí, en la Biblioteca Beale Memorial, si fuera una opción viable.

Pero no es como en ese libro clásico, en donde dos chicos huyen de su casa y se van a vivir a un museo en Nueva York.

Sé que necesito una cama, y me gusta tomar baños frecuentes. Lavar mis dientes es muy importante, y no sólo por la conexión comprobada entre la pobre higiene dental y los ataques al corazón.

Pero mientras atravieso la puerta doble del lugar deseo que fuera posible. Porque:

libros = confort

Al menos para mí.

Y el confort es algo del pasado.

Tengo problemas para concentrarme, pero aun así busco material de lectura sobre la pérdida de los padres.

No encuentro literatura o datos empíricos dirigidos a chicos de secundaria.

Si fuera editora, de inmediato iniciaría una serie de libros sobre chicos que tienen que lidiar con la pérdida de su padre o de su madre.

Y haría uno dedicado sólo a aquellos que han perdido a los dos al mismo tiempo.

Pero, a pesar de mi situación, no creo que haya una demanda tan alta de información útil sobre perder a los padres dos veces.

Encuentro un pedazo de papel abandonado en un escritorio, y después de tomar prestada una pluma del mostrador, escribo:

Debe haber cosas en común en la experiencia de perder a los padres que haga que valga la pena compartir las particularidades del suceso.

Especialmente para los más jóvenes.

Se necesita más producción literaria de los profesionales en esta área.

Favor de pasar este mensaje a las personas pertinentes en el mundo de la edición.

Después doblo el papel por la mitad y lo pongo en el buzón de sugerencias, que está junto a la fuente en el primer piso.

Y luego voy al segundo nivel.

೧෨)

No está permitido dormir en la biblioteca.

Lo sé porque he visto que el guardia despierta a quienes lo hacen.

Es una regla mantener a los vagabundos fuera del lugar.

Ahora siento una enorme empatía por ese grupo de personas.

Somos uno.

Pero conozco este edificio.

Y arriba, en la esquina más apartada, hay unas sillas de plástico grandes que parecen donas.

Me acomodo detrás de una roja.

Aprieto mis rodillas contra mi pecho y sólo sobresalen mis zapatos.

El camuflaje es una forma de cripsis, que significa pasar inadvertido.

La piel de mis tobillos es oscura, llevo puestas unas botas marrones de trabajo.

La alfombra también tiene tonos café y chocolate. Tiene un patrón de espirales y puntos, sin duda diseñados para camuflar el polvo.

Me estoy ocultando abiertamente, que con frecuencia es la mejor manera de esconderse.

Y, en segundos, estoy dormida.

Capítulo 27

❧

Dell fue a la oficina de enfrente y pidió hablar con Mai Nguyen.

Mostró sus credenciales y, aunque un par de cejas se alzaron, en unos minutos la adolescente harapienta fue sacada de clase y estaba parada frente a él.

Los ojos feroces de Mai se entrecerraron cuando vio a Dell.

¿Qué estaba haciendo *él* aquí?

Al mismo tiempo que se sentía un poco asustada por la presencia del asesor barbado, también estaba emocionada. Nunca antes la habían sacado de clase.

Todos los adolescentes la vieron con atención mientras era escoltada fuera de la habitación repleta. Mai se preguntó si sus compañeros de clase pensaban que era algo relacionado con su sospechoso hermano.

Tuvo que admitir que también le había pasado por la cabeza.

Pero no. El Sr. Duke quería *verla a ella*.

No fue hasta que la recepcionista entrometida los dejó solos en el pequeño y apretado cuarto (que olía como las cosas empapadas en sudor de la caja de objetos perdidos) cuando el asesor comenzó a hablar.

Espetó:

—Willow está perdida. ·

A Mai no le gustaba el drama. Su voz permaneció impasible mientras contestó:

—¿Qué significa eso?

Dell sintió que su mandíbula se apretaba.

¡Esta chica necesitaba un cambio de actitud! Debería sentirse intimidada por él y al mismo tiempo mostrarse muy preocupada por su amiga extraviada.

No vio ninguna evidencia de eso.

Dell se aclaró la garganta y se recordó que no debía acelerarse mucho.

—Una mujer de servicio social la recogió en el salón de tu mamá. Willow estaba en sus instalaciones cuando se cayó y se cortó la frente. Necesitaba puntadas y la llevaron a urgencias en Mercy. Pero antes de que se retiraran dijo que tenía que ir al baño y nadie la ha visto desde entonces.

Los ojos de Mai se entrecerraron.

—¿A qué te refieres con que se cayó?

Los ojos de Dell se abrieron. ¿Por qué tenía que cuestionar los hechos?

Trató de mantener el control.

—Se desmayó.

La voz de Mai era engreída.

—Eso no es caerse. Caerse es un accidente. Desmayarse es algo médico.

Dell sacó un pedazo viejo de carne seca del bolsillo interior de su chaqueta y le arrancó un pedazo con sus dientes manchados de café.

Se maldijo en silencio por pensar que esta adolescente sabelotodo hermana del problemático Quang-ha podía ser de ayuda.

Se encontró masticando la carne con un vigor violento y ruidoso, esperando que lo hiciera parecer rudo, no sólo hambriento.

—La herida no es el punto. Quizás no fui muy claro. El problema es que nadie puede encontrarla.

Mai no pudo evitar sonreír. Willow se les había escapado.

—¿Tú la llevaste al hospital?

Dell estaba aliviado porque podía contestar:

—No. Me llamaron para que les ayudara después de que desapareció.

A Mai le gustó que su idea de encontrar a Willow fuera acudir a ella. Sonrió mientras dijo:

—Quizás regrese al salón. Pero tengo algunas ideas de adónde puede ir antes. Necesitas sacarme de aquí.

A Dell no le gustó cómo sonaba eso. Esto no era un episodio de CSI: *Bakersfield*. ¡No es que de repente fueran compañeros contra el crimen! Él quería que Mai le diera algunas ideas, era todo.

Dell farfulló:

—Bueno, yo no, no es lo que...

Pero Mai ya estaba caminando hacia la puerta.

Capítulo 28

~

Mis ojos se abren y me doy cuenta de que estoy viendo a un par de zapatos verdes sin agujetas.

Conozco esos pies.

Uno de los zapatos me golpea levemente en la bota izquierda, por lo que me imagino debe ser la segunda ocasión.

Pero estoy atrapada entre la silla-dona y la pared, y tengo que deslizarme hacia fuera.

Cuando lo logro, veo a mi amiga adolescente, que me dice:

—Te están buscando.

La Antigua Yo habría estado inundada de pena o preocupación o culpa.

Pero no ahora.

Mai me mira de cerca.

—Tienes puntadas. ¿Cuánto tiempo permanecerán?

Toco mi glabela con la mano. Me había olvidado del ataque de la mesita elefante.

Murmuro:

—Están hechas de Vicryl, que es ácido poliglicólico. Se absorberán por hidrólisis. Así que no tengo que quitármelas.

Mai parece comprender el principio de absorción.

—¿Duelen?

No puedo sentir nada entre los ojos, pero mi cadera está adolorida por la posición en el suelo.

Y el resto de mí está tan emocionalmente aturdida que no tengo idea de dónde comienza y dónde termina el dolor. Me siento y mi mano derecha sube a mi mejilla.

Tengo el patrón de la alfombra en todo ese lado de mi cara. Debí quedarme dormida durante un buen rato.

Mai continúa:

—Dell Duke está intentando hallarte. Quizás hay una recompensa, porque está muy prendido.

La sonrisa en la cara de Mai es amable y retorcida al mismo tiempo.

Admiro eso en ella.

Dell llama a Servicios Sociales de inmediato y lo escucho reportar la noticia.

Está extremadamente emocionado.

Me meto a su auto y me acomodo en el asiento trasero con Mai, como si estuviéramos en un taxi.

Dell piensa que me va a llevar de vuelta a Jamison, pero Mai baja su pie, metafóricamente hablando.

Dice que debemos ir a un lugar llamado Hamburguesas y Pays Happy Jack.

Él no tiene ninguna oportunidad contra ella.

Y no sólo porque le dice que va a abrir la puerta y saltar del auto en movimiento si no lo hacemos.

Mai me dice en voz baja que nunca ha ido a ese lugar, pero ha pasado por ahí muchas veces y supongo que su intuición le dice que un lugar llamado "Feliz" debe ser la dirección adecuada.

Dice que quiere probar sus papas a la francesa.

Mai es delgada, pero comienzo a darme cuenta de que tiene un apetito monstruoso, en especial por las cosas que le han sido negadas anteriormente.

No digo nada sobre los riesgos de salud a largo plazo asociado con el consumo de papas, que está ligado a la obesidad juvenil.

Mi trabajo como consejero de la salud/abogado del consumo ha terminado.

Dentro de Happy Jack me siento, con los ojos hinchados, junto a Mai, que me pide un trozo de pastel de chocolate y crema de cacahuate.

Estamos en un gabinete con respaldos muy altos y de inmediato puedo ver que a Mai le gusta estar aquí.

Dice que es cómodo.

Me cuesta un poco de trabajo, pero por fin logro comunicar que quiero un vaso de agua caliente con miel y tres cucharadas de vinagre blanco. Es más difícil de lo que debería ser.

Dell pide una taza de café.

El consejero escolar pasa de estar muy feliz a muy ansioso.

Yo ignoro sus cambios de humor.

Estoy ignorando todo, así que no es tan difícil.

Cuando llega nuestra comida, Dell se levanta para ir al baño. Pero lo veo asomándose sobre su hombro antes de desaparecer detrás de la puerta chillona del baño de hombres.

Su rostro dice que somos potenciales fugitivas.

No debe preocuparse, porque me consta que Mai no se irá hasta terminar sus papas a la francesa.

Y a mí ya se me terminaron las opciones para escapar.

La veo hablando con nuestra mesera, quien definitivamente es la bisabuela de alguien. Al menos es lo suficientemente vieja como para serlo. Es muy amable. Me pregunto cómo se sentiría cuidando de una chica de doce años.

Logro tragar un par de pequeños bocados de pastel.

El chocolate y la crema de cacahuate —a pesar de que trato de evitar la ingesta de azúcares refinados— son una combinación que lo vale.

Pero ahora la comida me sabe a madera.

Mai regresa y hablamos en vietnamita.

O, para ser más precisa, Mai habla en ese idioma. Yo sólo escucho.

Aún está trabajando su comida cuando Dell regresa y llama a la mesera.

Pide la cuenta y ella dice:

—Tendrás que esperar el resto de tu orden, grandulón, aún no está lista.

Dell mira a Mai, que permanece impasible.

Pienso en la idea de alguien llamando a Dell Duke "grandulón".

Es algo muy agresivo.

En especial si esta mujer espera una buena propina.

Y luego me percato de que la mesera lo tiene justo donde lo necesita. Ahora está más ansioso.

Pero yo sólo miro mi pastel de chocolate y crema de cacahuate y me pregunto cómo terminé aquí.

El siguiente paso en mi travesía también resulta ser idea de Mai.

Averiguó que el departamento de Dell tiene dos recámaras.

Ella habla y me doy cuenta de que le está explicando por qué su familia no tiene las condiciones habitacionales adecuadas para mí.

Dell no tiene idea de que vive en una cochera. Y ella no le dice.

Pero antes de que Dell se entere de qué está pasando, la adolescente está hablando por teléfono con su madre en un idioma que él no entiende.

Minutos después, la mesera regresa con una bolsa grande llena de contenedores.

Mai le sonríe dulcemente a la mesera y acepta la bolsa grasienta.

Dell mira la cuenta, que la mujer acaba de poner frente a él.

Además de la comida en la mesa, hay una cena de pollo frito para llevar, un plato de pescado con papas, un plato de fruta fresca y seis pepinillos grandes.

Dell se termina mi pastel mientras la mesera pasa su tarjeta de crédito.

Y no está muy feliz al respecto.

Padres adoptivos.

Eso es lo que necesito.

He estudiado astrofísica e incluso sistemas de manejo de desperdicios en aeronaves espaciales, pero nunca había pensado en el procedimiento para la custodia o tutela de un menor en el estado de California.

La vida, ahora lo sé, es un gran viaje a través de un campo minado y nunca sabes en qué paso vas a explotar.

Ahora estoy de regreso en Jamison.

Están hablando de mí en otros cuartos.

Y aunque es físicamente imposible, puedo escucharlos.

Estoy en la oficina de la enfermera.

Nadie quiere que me vuelva a desmayar.

El elefante atacante aún estaba en el área de espera. Yo misma me mantuve lejos de él.

Ahora estoy en una mesa de examinación en una habitación oscura. Ese papel blanco y crujiente debajo de mi cuerpo significa que, literalmente, no puedo mover un músculo sin hacer el mismo ruido que al comer una papa frita.

Afortunadamente, soy una experta en no moverme.

Mis amigos están parados afuera, en el estacionamiento.

Puedo verlos entre las persianas de la ventana.

A la distancia, parecen sospechosos.

Sus cuerpos están muy cerca y sus posturas son muy rígidas.

El sol de la tarde cae con fuerza en Bakersfield, rebotando en los autos y el asfalto. Cualquiera en su sano juicio habría entrado al edificio con aire acondicionado.

Puedo ver a Mai cerrando el trato.

Está hablando con su madre. Más tarde me enteraré de qué dice:

—Pondremos su dirección. Y después, cuando hagan las visitas, iremos y haremos parecer que vivimos ahí.

Veo que Pattie está callada y su cara refleja amargura.

—Si no lo hacemos la van a dejar ahí. Y luego la meterán a un hogar de adopción. Terminará con gente que no conoce. ¡Se escapará de nuevo!

Mai mira a su madre a los ojos.

—Nos necesita.

Veo cómo Pattie desvía la mirada y la dirige hacia las manos pequeñas de Dell. Se come las uñas.

Supongo que ella detesta eso. Mantiene sus ojos sobre sus cutículas y puedo verla hablando. Probablemente dice:

—No quiero involucrarme.

Es extraño que lo diga, porque tomó un autobús a Jamison en cuanto escuchó que yo había desaparecido del hospital.

Si en verdad no quería involucrarse, ¿qué está haciendo aquí?

Y luego veo que Pattie inhala y cruza sus brazos de una manera que quiere mostrar una firme resolución.

Conozco bien esa postura.

Era la postura terminante de mi madre.

Las decisiones se toman.

Oficialmente seré entregada a los viejos amigos de mi familia: los Nguyen.

Temporalmente. Sólo por ahora.

¿Sigue habiendo algo además de Ahora? *Antes* había Entonces. Pero ese mundo quedó deshecho en un crucero.

Escucho que se discute la logística.

En Jamison creen que los Nguyen viven en los Jardines de Glenwood, que es donde vive Dell.

Todo lo que se decida hoy es TEMPORAL.

De nuevo. Para que todos entendamos.

Temporalmente. Breve. No permanente. Provisional. De pasada. A corto plazo. Mientras.

Todos comprendemos.

Este arreglo temporal significa que debo ir a Jamison una vez a la semana. Y que seguiré viendo a Dell Duke como mi consejero.

Me han dado de baja temporal en la escuela porque dije que no quería ir. Nadie quiere obligarme a hacer nada. Tienen miedo de que me escape de nuevo.

Dell Duke ha aceptado supervisar mi educación en casa. Se ve culpable cuando le preguntan cómo voy con mi trabajo.

Pensé que diría algo sobre los exámenes y por qué comencé a verlo, pero no es así.

No me importa si miente o dice la verdad.

Todo me lleva al mismo lugar.

Dell nos lleva de regreso a Barniz Feliz.

Todos están exhaustos y silenciosos.

Pattie Nguyen firmó todo tipo de cosas allá. ¿Quién sabe a qué se comprometió?

La Antigua Yo habría leído cada letra de aquel papeleo. A la Nueva Yo no podría importarle menos.

Estoy fuera de ahí, eso es lo único que importa.

La luz del sol tiene una manera de entumecer el mundo en Bakersfield, y miro por la ventana y todo es como una copia del original.

El lugar entero está difuminado.

Todo parece muy fácil de deshacer.

Me sorprendo cuando regresamos al salón de uñas y me parece tan familiar.

El fuerte olor de las lacas coloreadas se puede percibir desde la acera, aun con la puerta cerrada.

Estoy segura de que es cancerígeno.

Antes de que el mundo se cayera a pedazos, esto habría sido una preocupación.

Ahora inhalo profundamente y mantengo los vapores tóxicos en mis pulmones.

Venga. Todo. Venga.

Dell se queda un rato, pero sólo estorba.

Puedo ver que está complacido consigo mismo cuando por fin se despide y camina hacia su auto.

En Jamison mucha gente le dio las gracias.

Y no parece ser alguien a quien le agradezcan muy seguido.

Una de sus agujetas está desamarrada pero, con su barriga guiando su camino, tiene un nuevo andar.

Ya no veo nada, pero no puedo evitar notarlo.

Según Pattie Nguyen, quien parece haber visto mucho sufrimiento, la actividad y un vaso de agua curan cualquier cosa si les das el tiempo suficiente.

Así que me hace beber dos vasos de agua.

Después se sienta junto a mí y dice:

—Te voy a ayudar a encontrar un buen lugar. No dejaré que te lleven hasta que lo hagamos. Tienes mi palabra. Te quedarás aquí hasta que encontremos la respuesta.

Me gustaría expresar mi gratitud, pero no puedo.

Porque no puedo expresar nada.

Sólo asiento con la cabeza.

Pattie se levanta de la mesa y comienza a poner pequeñas botellas cuadradas de barniz de uñas en la alacena.

La gente suele encontrar un buen lugar para los perros callejeros, o para los ancianos cuando ya no pueden subir las escaleras, o usar un abrelatas.

Encontrar un buen lugar para un niño parece un reto mucho más grande.

Capítulo 29

❧

El segundo sábado después del accidente se realiza un servicio funerario para mis padres en un centro comunitario del vecindario.

Me lleva Dell, y Mai y Pattie también vienen.

Quang-ha tiene otros planes, y lo miro caminando por el callejón con lo que parece un par de pinzas en su mochila.

Lenore nos encuentra en el centro comunitario y veo a la enfermera de Jamison que me ayudó cuando me golpeé la cabeza.

No puedo mirarlas.

No puedo mirar a nadie.

Mientras atravesamos las puertas, Mai toma mi mano. Se siente tibia.

Está más frío de lo normal y un montón de caras desconocidas se me acercan demasiado, cada una con su versión de cuánto lo lamentan.

No estoy segura de poder respirar. El aire está pegado en los extremos de mis pulmones.

Me sientan en la primera fila.

Trabajadores del sindicato de mi papá organizaron este evento y hay tres oradores.

No escucho una sola palabra de lo que dicen.

En un caballete, a un lado del pódium, hay una fotografía de mis padres tomada cuando mi papá tenía cabello y mi mamá era flaca.

Tienen los brazos alrededor uno del otro y están riendo.

Conozco esta foto.

Está en el buró de mi mamá dentro de un marco de conchas.

Recuerdo que cuando era más joven le pregunté a mi mamá por qué estaban tan felices, y me dijo que porque sabían que un día llegaría a sus vidas.

No tenía lógica, pero tenía sentido.

Después del servicio, todos reciben un globo blanco y nos llevan fuera.

Los inflables llenos de helio dicen JIMMY Y ROBERTA en letras moradas.

La idea es soltarlos cuando un tipo vestido de traje (pero con sandalias y calcetines blancos) comience a cantar sobre el amor como respuesta a todo.

Miro con horror.

Me consta que esos bultos de látex van a terminar enredados en los cables de electricidad.

Hallarán su camino hacia los ríos, e incluso viajarán kilómetros hasta los océanos, en donde estrangularán peces y pondrán en peligro a mamíferos marinos.

Pero no puedo encontrar mi voz para hacer algo en contra de estas futuras calamidades, porque para algunos soltar estas armas es algo inspirador.

De reojo veo a un bebé que rehúsa soltar su premio de globo.

Sus papás por fin logran sacar el listón de su puño apretado.

Mientras el pequeño llora de agonía, sé que es el único aquí que entiende.

Un pequeño artículo con una fotografía mía del tamaño de una estampilla aparece en el periódico local, y se abrirá un fondo para mi educación.

El empleador de mi padre hace una contribución generosa.

Hay otras personas en la lista de donadores, pero sólo son nombres que he escuchado de pasada, no están asociados con caras que pueda reconocer.

La única persona que conozco es Jairo Hernández, de Mexicano Taxi.

Le escribo a Jairo una nota de agradecimiento y llama a Uñas Barniz Feliz. Han pasado dos semanas y media desde el accidente. Usé el teléfono de aquí, así que debió pensar que sabrían en dónde estaba.

A Pattie le sorprende que un hombre quiera hablar conmigo.

Le explico que es un viejo amigo. Sí *es* un amigo. Y mucho más viejo que yo. Así que no estoy mintiendo.

Jairo me pregunta cómo estoy y después dice:

—Quiero que me llames si necesitas que te lleve a cualquier lado.

Yo digo:

—Gracias. Lo haré.

Hay un silencio durante un rato, pero sé que sigue en la línea. Pattie me está viendo así que asiento con la cabeza para que parezca que estoy escuchando otra cosa además del silencio. Al fin digo:

—¿Te inscribiste en la escuela?

Él dice:

—Aún no.

Y luego pregunta:

—¿A ti cómo te va en la escuela?

Podría decir que bien, pero no sería correcto, así que digo:

—Estoy tomando un descanso de eso.

Él dice:

—Yo también.

Yo agrego:

—Pero voy a la biblioteca hoy. Quizás sea una forma de comenzar.

Cuelgo el teléfono y en la tarde le pregunto a Pattie si puedo ir a Beale. Dice que sí.

Ya en el edificio, subo las escaleras y encuentro mi lugar detrás de la silla dona. Me coloco allí, pero no duermo. En su lugar, miro al mundo desde este lugar protegido.

La biblioteca tiene visitantes regulares.

Muchos hablan entre ellos.

Pero lo hacen en voz baja, porque así es obligatorio aquí.

Después de una larga siesta, regreso al primer piso.

El área de computación es el lugar más popular en el edificio.

Estoy sorprendida, porque muchas de las personas que yo creo que podrían ser vagabundos (por la cantidad de cosas que tienen que dejar en la recepción) entran a internet.

Puedo ver que revisan su Facebook.

Veo que estas personas ven fotografías y el mismo tipo de videos que los adolescentes aburridos que vienen al salir de la escuela.

No estoy segura de porqué me tranquiliza esto, pero lo hace.

Salgo y me siento en las escaleras.

No estoy esperando.

Sólo estoy.

El tiempo existe sólo en mi mente.

Para alguien en duelo, el reto es avanzar.

Porque después de la pérdida extrema, lo que quieres es ir hacia atrás.

Quizás por eso ya no hago más cálculos, sólo puedo contar en el espacio negativo.

Estoy en un planeta distinto.

Sólo hablo cuando es absolutamente necesario.

De otra manera, hago lo posible por ser invisible y quitarme de en medio.

No importa cuánto lo intenten, las personas no entienden por qué soy incapaz de comunicarme.

Y entiendo que el dolor más profundo sale en forma de silencio.

Cuando no está en la escuela o con sus amigos, Mai me habla sobre su vida.

Yo escucho. Pero no contesto.

Paso la mayor parte del día con Pattie.

Ella está ahí para mí.

Y el hecho de que alguien esté ahí es el noventa y nueve por ciento de lo que importa cuando tu mundo se derrumba.

Sé que Quang-ha me odia.

Pero estoy bien con eso.

No he traído nada positivo a su vida. Ahora tiene que esperar más tiempo para usar el baño, y el agua caliente se termina más rápido.

Intento hacer todo al final, pero no siempre sucede así.

No quiero causar problemas, así que no he dicho nada sobre mi vegetarianismo. Sólo hago a un lado los pedazos de pollo o de puerco y después los transfiero a una servilleta, y al final de la comida la echo a la basura.

Sé que estoy comiendo pedacitos de carne que escapan a este procedimiento trágicamente simple, pero el principio de mi decisión sigue intacto, aunque la realidad quede comprometida.

Toda la realidad, decido, es una licuadora en donde las esperanzas y los sueños están mezclados con miedo y desesperación.

Sólo en las caricaturas y los cuentos de hadas y las tarjetas de felicitación, los finales tienen brillo.

De alguna manera sobrevivo el primer mes.

Me visto y me cepillo los dientes cuando me lo piden.

Y experimento el sentimiento hueco de la pérdida total, que es la vacuidad.

El significado ha sido extraído de mi vida.

Me fuerzo para pensar en cualquier cosa que no sea la única cosa en la que de verdad estoy pensando.

Y eso es tan extenuante que duermo más de lo que jamás lo había hecho.

Soy una sombra.

Ya no sueño a color.

Ya no cuento de 7 en 7.

Porque en este nuevo mundo yo no cuento.

Capítulo 30

✎

Ya había oscurecido cuando Dell llegó a casa en los Jardines de Glenwood.

El único verdor en el complejo habitacional se encontraba en el patio.

Y eso estaba en un paseo circular de piedra volcánica roja que lastimaba los pies de Dell, incluso cuando usaba zapatos de suela gruesa e intentaba tomar un atajo hacia la escalera, que siempre tenía un olor extraño.

El campo minado de piedra pómez estaba manchado con hierbas necias de cardos afilados que salían por la capa barata de plástico negro debajo de los pedazos de piedra volcánica color ladrillo. Las espinas alcanzaban los tobillos carnosos de Dell y le sacaban puntos de sangre.

No había valles naturales en Bakersfield. Era un lugar llano y seco que sólo se pintaba de verde por las regadoras automáticas.

Tal vez por eso tantos complejos habitacionales en el pueblo llevaban nombres de helechos y santuarios de madera húmedos.

Era una "expresión del anhelo de un clima húmedo"... al menos eso es lo que Willow le dijo cuando ella le preguntó y él contestó, tenía que admitir, con enorme orgullo:

—Los Jardines de Glenwood.

Ahora tomó las escaleras hacia su departamento en el segundo piso, porque el elevador, obligatorio por ley, nunca funcionaba.

Dell intentaba, con desesperación, sumar los eventos del largo y difícil mes.

Una semana después del accidente (como había previsto) su supervisor pidió revisar su expediente sobre Willow Chance.

Dell encontró a la chica perdida el mismo día que se escapó del Hospital Mercy, pero no fue un héroe durante mucho tiempo.

Ahora, semanas después, estaba asustado. Podía admitirlo, al menos a sí mismo.

Le había hecho exámenes de todo a Willow, desde el obligatorio de tres horas para entrar a la escuela de medicina hasta catorce de los EAE.[4]

Y los había aprobado todos.

Pero decidió no entregar ese material.

Lo que le envió a su jefe fue una forma electrónica muy simple que prácticamente no revelaba nada sobre la chica.

De alguna manera, había sido atrapado en varios niveles de engaño:

Willow Chance no era una tramposa.

Pattie Nguyen no era una amiga de la familia.

Los Nguyen no vivían en los Jardines de Glenwood. (¿Por qué no podían usar su propia dirección?)

No le dio clases en casa (como se suponía que tenía que hacerlo).

Y nunca se había comprometido a ser ninguna clase de consejero.

Los martes, Willow caminaba del salón de uñas a las oficinas del distrito.

Siempre llegaba a tiempo.

En lugar de hacer exámenes o analizar el mercado de acciones, ahora los dos se sentaban en silencio.

Dell intentaba buscar cosas para motivarla, o al menos aliviar su angustia pero, hasta ahora, había fracasado.

Un día antes, Willow llegó y durante cuarenta y cinco minutos (que parecieron cuarenta y cinco horas) Dell trabajó en un rompecabezas de mil piezas con una imagen de tarros de frijolitos de dulce.

Willow no puso una sola pieza.

Pero él sabía que ni siquiera lo estaba intentando.

Y él era muy malo para los rompecabezas, así que era una verdadera lucha en todos los sentidos.

Cuando se fue, Dell abrió su computadora y escribió un reporte.

Ahora sabía que lo estaban observando. Y si algo sabía Dell Duke, era que no funcionaba bien bajo vigilancia.

Había cometido un error al involucrarse con la niña genio.

Porque era más fácil hacer su trabajo sin que nada le importara.

Y ahora le importaba todo.

Pattie Nguyen no se había inscrito a ninguna de las clases necesarias para padres adoptivos, y no fue a la sesión grupal que le ofrecieron.

Quería hacerlo.

Pero ya habían pasado cuatro semanas y aún tenía mucho que hacer además de estar en contacto con Lenore Cole, la trabajadora social de Willow.

Mientras la oscuridad de un cielo otoñal atravesaba el cristal del salón, Pattie miraba su calendario.

Se había agendado una audiencia en la corte familiar y un juez tomaría una decisión sobre Willow en los siguientes dos meses.

Pero Pattie decidió que hoy no era el momento de pensar en el futuro.

Hoy era el día de pedir más tonos de barniz rojo para uñas.

Encontró el nuevo catálogo de su distribuidor más confiable y circuló un tono que pensó que Willow aprobaría.

Se llamaba "muy rojo".

Ese solo hecho logró que Pattie se sintiera un poco mejor.

Capítulo 31

Aquí se habla vietnamita.

Les entiendo a las manicuristas, incluso a las que hablan rápido.

Nunca susurran sobre las uñas de sus clientes.

Hablan sobre sus vidas.

Mientras liman y pulen y pintan, escucho sus historias que son, casi todas, sobre esposos e hijos y otros miembros de la familia.

Muchas de ellas están emparentadas. Primas y hermanas. Madres y nueras.

Son una tribu.

No saben que lo que escucho me duele. Porque aunque se quejan de hombres malos o chicos perezosos, para mí es doloroso ver que están muy conectadas.

Una a la otra.

Y a sus familias.

Y al mundo.

Estas mujeres se envuelven en sus historias desde el momento en que atraviesan la puerta de cristal hasta el segundo en que se van al final del día.

Usan palabras para construir algo que es tan real como la tela.

Y aunque se quejan en voz baja una de otra, están unidas por la sangre y la circunstancia y la experiencia compartida.

Son parte de algo más grande que ellas.

Aun cuando no se den cuenta.

Yo sí me doy cuenta.

He visto árboles que sobreviven incendios.

Su corteza se calcina y sus extremidades son ramas muertas.

Pero escondido dentro de ese esqueleto hay una fuerza que lanza un solo disparo de verdor hacia el mundo.

Quizás, si tengo suerte, eso me suceda algún día.

Pero ahora mismo no puedo verlo.

Pattie está en la recepción.

Todo aquí es blanco. El área de recepción. Las sillas de manicura. El suelo.

Blanco = limpio.

Estoy segura de que, con la excepción del rojo, Pattie estaría muy complacida si todos los otros tonos del mundo desaparecieran.

Así es como ella ve las cosas.

Tiene horarios y reglas y métodos y cada día intenta imponerlos al mundo, un arreglo de uñas a la vez.

Mi madre utilizaba una vieja expresión: "Para todo hay un lugar y todo debe de estar en su lugar". Pero no la llevaba a la práctica.

Pattie sí.

Diría que, con la excepción de mí sentada al fondo del salón, va ganando la batalla.

Pattie está sumando algo en la calculadora cuando suena el teléfono. Después de saludar, escucho:

—¿Hoy?

Miro hacia ella porque ahora soy una experta en su voz, y aunque fue calmada y plana, noté algo distinto en ella.

La persona al otro lado de la línea es quien está hablando.

Pattie mira hacia el fondo del salón y nuestros ojos se encuentran.

Ésta debe ser la llamada en la que oficialmente se deshace de mí.

La escucho decir:

—Trabajo hasta las seis y media.

Pattie mira por la ventana. Ahora está en apuros.

Quiero hacerlo fácil para ella. Me levanto de mi lugar y doblo la funda. Cierro mi computadora y me quito los anteojos.

Respiro profundamente.

Sé que no he sido más que un problema. Intenté ser invisible, pero mi sola presencia ha cambiado toda la dinámica del lugar.

Quang-ha estaba enojado desde antes, pero ahora es un volcán cuando nos cruzamos en el callejón por la noche.

Mai siempre pone buena cara, pero incluso ella parece cansada de todo esto.

Necesito que esto sea sencillo para Pattie.

Ha sido buena conmigo.

Así que volteo a verla y hago lo posible por sonreír.

Quiero que esta sonrisa diga que estoy agradecida por todo lo que ha hecho por mí.

Quiero que diga que lamento estar rota.

Quiero que diga que comprendo su situación.

Así que lo intento. De verdad lo intento.

Pero mis dientes se pegan a mis labios y mi boca entera tiembla.

Pattie ve mi rictus y se voltea.

Escucho su voz, ahora temblorosa, decir:

—Llegaremos a las seis cuarenta y cinco. ¿Es demasiado tarde?

Pattie cuelga y de inmediato marca un número.

Su actitud ecuánime es una de sus mejores cualidades. Y la mantiene. Más o menos.

Quizás eso sucede cuando has pasado por muchas cosas. Todos tus bordes están tallados, como vidrio de mar.

Es eso, o te quiebras.

Bakersfield está a doscientos kilómetros del océano Pacífico, pero dos veces fui a la playa, justo afuera de Santa María, con mis papás.

Durante un periodo breve estuve obsesionada con el estudio del océano, porque ocupa más de setenta por ciento del planeta.

Pero en las dos ocasiones que lo visitamos estaba asustada.

La corriente impredecible y el complejo y vasto sistema de fauna que habita debajo del agua agitada me daba urticaria.

Literalmente.

Era un cuerpo de bultos.

Así que admiro la compostura de Pattie.

Yo sabía que mi estancia aquí no sería larga.

Y hoy es la prueba de ello.

Ahora siempre me encuentro esperando las malas noticias.

Así que es casi un alivio recibirlas.

Camino hacia la recepción. Escucho que Pattie dice:

—Una mujer de Servicio Social llamó. Harán una visita hoy.

Cuando estoy cerca, me lanza una mirada y aprieta un botón, y de repente Dell Duke está en el altavoz.

—Bueno, ¡es muy obvio que no viven en mi casa!

Pattie sólo encoge los hombros y dice:

—Sólo es temporal.

Él pregunta:

—¿Por qué usamos mi dirección? ¿Qué tiene de malo en donde viven?

Pattie ignora la pregunta. Dice:

—Comencemos mirando tu departamento.

Escucho que Dell azota algo. ¿Su puño contra el archivero? ¿Su cabeza contra el escritorio?

—No puedo irme así nada más. Quiero decir, tengo que reportarme enfermo, o...

Pattie aprieta el botón del altavoz y la voz de Dell se corta. Entonces dice:

—Ven a recogernos. Aquí te esperamos.

Pone el auricular en su lugar y regresa a su trabajo. Dice de nuevo, sin dirigirse a nadie en particular:

—Temporal.

Capítulo 32

～⁹⁾

No pasa mucho tiempo hasta que el Ford de Dell entra bruscamente al estacionamiento. Sale del auto como si su cabello estuviera en llamas.

Debería estar en pánico como él, pero mantengo la actitud de Pattie.

Ya no tengo bordes.

Soy un vidrio marino.

Si miras con atención, puedes ver a través de mí.

No hay mucho que discutir.

Pattie y yo nos subimos al auto de Dell y nos dirigimos al otro lado del pueblo.

Diez minutos después llegamos al 257 de Heptad Lane.

Miro los departamentos. Parece un edificio construido por un contratista ciego sin la ayuda de un arquitecto.

Todas las proporciones del lugar son desiguales, y no de una manera deliberada.

Parece como si alguien hubiera tomado una caja gigantesca, la hubiera pintado del color de la *Serratia marcescens* (que es una bacteria rosa con forma de bastón) y le hubiera hecho agujeros en los costados.

No me sorprende que Dell Duke viva aquí.

Seguimos al asesor por unas escaleras oscuras hasta el segundo piso, en donde abre una puerta. Ahora está murmurando:

—No esperaba compañía. No estoy preparado para visitas. Necesito guardar algunas cosas...

Y sale disparado como un hámster entrenado a través de un loco laberinto de cosas.

Escuchamos que una puerta se cierra en un pasillo invisible.

Me pregunto qué necesita esconder, porque aquí, en la sala, hay suficientes cosas como para avergonzarlo.

Obviamente, Dell Duke es una de esas personas que tiene problemas para deshacerse de las cosas.

Quizás no sufre de disposofobia total, que es acumulación, pero está cerca.

La Antigua Yo habría sentido mucho placer de observar en primera fila una condición emocional tan compleja.

Pero no ahora.

Pattie y yo nos paramos en la entrada y miramos los montones de periódicos, revistas y correspondencia que rodean los muebles de jardín, que yo decido es del mismo color que los ojos de un conejo.

Rosa con una gota de amarillo.

El set completo —llamado "salmón masculino" en una etiqueta que cuelga de una de las sillas baratas de metal— ha hecho varios círculos en la alfombra.

Entro un poco al cuarto para que Pattie pueda cerrar la puerta y me encuentro al lado de una sombrilla para el sol, aún tiene la envoltura.

Está recargada contra la pared.

Siento su tristeza.

Sigo a Pattie por un camino estrecho hacia la cocina.

Torres de charolas para microondas mal lavadas están en la mayoría de las superficies. A un lado veo columnas frágiles de vasos rojos desechables.

Me doy cuenta de que no he estado muy expuesta a las maneras de vivir de otras personas.

Nunca había visto una cochera como la de los Nguyen y, mirando este lugar, entiendo que hay estilos de vida enteros que me han sido ocultados.

Dell Duke tiene uno completamente distinto.

Si esto es lo que tiene a la vista, ahora tengo curiosidad de mirar en sus armarios.

Seguramente Pattie piensa lo mismo porque sale de la cocina, atraviesa el desorden de la sala y llega al apretado pasillo.

La sigo.

Pero con cautela.

Parece el lugar en donde un inesperado animal exótico podría aparecer, del tipo ilegal que la gente compra por capricho en la parte trasera de una tienda de mascotas, pero que después liberan en un callejón porque no pueden lidiar con sus garras afiladas o sus necesidades alimenticias.

La puerta de la primera habitación está cerrada, pero eso no impide que Pattie la abra.

Ambas vemos a Dell metiendo una bolsa de dormir grasienta en una bolsa de plástico.

Pero no hay cadáveres ni nada por el estilo.

Al menos no a simple vista.

Sólo es una habitación superdesordenada.

Revistas y cómics están desparramados al lado de la cama, que no tiene sábanas o protector.

Los cuellos de botellas de vino vacías se asoman en un bote de basura de metal (de los que deben estar afuera) colocado en la esquina.

A Pattie sólo le toma un instante encontrar la manija de la puerta del armario.

Dell grita:

—¡No!

Pero es demasiado tarde. Pattie ha abierto la puerta tipo persiana, detrás de la cual se esconde una pared de ropa interior.

Cientos de ella.

Solía disfrutar calculando cantidades, pero ya no. Me consta que en el pasado esto me habría interesado mucho.

Pattie da un paso atrás cuando Dell espeta:

—¡Estoy... atrasado con el lavado de mi ropa!

Esto es una clara subestimación. Pattie mira a Dell, a la ropa interior y luego a mí.

Es obvio que no hay manera de que parezca que Pattie y sus hijos viven en este departamento.

Pero estoy equivocada.

No estoy segura de qué la animó, pero tal vez fuera el tamaño del reto.

Ahora vamos en el Ford polvoriento de Dell (bajo la guía de Pattie) hacia las instalaciones del Ejército de Salvación, en la calle Ming.

Minutos después todos estamos frente al mostrador de la tienda de segunda mano.

Pattie escoge una mesa de formaica roja con cuatro sillas anodinas, un sofá color limón y una tumbona giratoria de cuero.

Tiene las etiquetas de una cama de metal, con colchón incluido, que parece haber pertenecido a un entusiasta militar. Estampas usadas de SEMPER FI cubren casi toda la superficie.

No es hasta que la tarjeta de crédito de Dell está afuera que se atreve a preguntar:

—¿Cómo vamos a llevar todo esto a mi casa?

Pattie, sin más explicaciones, se dirige hacia la puerta de vidrio y deja a Dell para que complete la transacción.

Dell y yo la encontramos en la acera, junto a un camión que dice WE HAUL.

Los dos hombres que salen a ayudarnos se llaman Esteban y Luis. Sus habilidades para cargar están muy bien desarrolladas.

No les toma mucho tiempo meter todos los muebles en la parte trasera del camión.

Al llegar a los Jardines de Glenwood, los dos hombres llevan todo al departamento de Dell sin sudar una sola gota.

Pattie supervisa.

Dell se quita del camino.

Yo soy la observadora silenciosa.

Ahora lo único que nos queda es deshacernos de toda esta basura.

Pattie pone una lista detallada en la mano de Dell y lo manda al mercado.

Una vez que se ha ido, me pone junto a Luis y Esteban en una fila en donde formamos una cadena humana.

Sólo somos cuatro, pero usando este medio ancestral de transporte, meses enteros de basura dejan el edificio.

Dell regresa dos horas más tarde, y ahora la mayoría de sus cosas están en el basurero del edificio. Dice que su plan era llevarlas al centro de reciclaje.

Pero sé que está mintiendo.

No parece muy molesto de que nos hayamos deshecho de sus cosas, así que supongo que no es un acumulador.

Sólo tiene problemas con llevar a cabo sus planes.

Capítulo 33

⁊⌇

Mai se quedaba en la escuela los viernes para participar en un programa para adolescentes en riesgo.

Pero no los llamaban así. Los llamaban "estudiantes de enriquecimiento especial".

Pero ella lo sabía, por supuesto.

Mai había leído el folleto que describía la fundación del programa. Estaba en el escritorio del líder de equipo el día de la primera reunión, así que no estaba husmeando ni nada.

Le daba curiosidad saber por qué pensaban que estaba en riesgo.

Una vez a la semana, una docena de chicos se reunían en la biblioteca escolar para discutir de todo, desde poner la mira en la universidad hasta lavarse los dientes.

Ese día, una mujer estaba hablando sobre comer vegetales verdes y hacer actividades extraescolares para ir formando un currículum.

Cuando terminó, a todos les dieron unos boletos pequeños. Al final del programa podrían cambiarlos por premios o algo así. El líder del equipo no lo tenía muy claro.

Mai cargó su mochila con nuevos libros de la biblioteca y caminó a la parada del autobús.

La mayoría de los chicos que no estaban "en riesgo", tenían sus propios autos o padres que los recogían.

Así que quizás, pensó Mai, la parte riesgosa era andar en autobús.

La caseta del autobús tenía una cama de flores con las rosas más rudas de todo Bakersfield.

Al menos eso pensó Mai mientras miraba sus arbustos espinosos. Una de las pocas cosas que Willow había dicho en el último mes era que cualquier cosa de la vida podía encontrarse en un jardín.

Según ella, si una planta estaba en suelo decente y tenía sol y suficiente agua, un capullo aparecería en algún momento. Comenzaría pequeño y muy verde.

A veces los insectos hacían agujeros en el exterior del capullo, pero si no llegaban muy profundo, florecería.

Y el mundo vería la flor.

Con el tiempo, los pétalos exteriores comenzarían a arrugarse, empezando por las puntas. La forma no aguantaría y la cosa entera se abriría muy grande y desaliñada.

La rosa ahora se veía más afectada por el viento o la lluvia o incluso el sol.

Los pétalos terminarían por secarse, romperse y caer al suelo.

Después sólo queda un bulbo redondo, que es el cráneo. Y con el tiempo eso también se caería y regresaría al suelo.

Había tanta verdad en eso, Willow lo explicó como cualquier cosa que alguien le hubiera dicho sobre la vida y la muerte o las etapas intermedias.

¿Qué era la rosa antes de ser rosa?

Era el suelo y el cielo y la lluvia y el sol.

¿Y qué pasaba con la rosa cuando se iba?

Regresaba, pensó Mai, al gran todo que nos rodea.

Nadie había recogido nunca a Quang-ha de la escuela, así que cuando el auto de Dell Duke rechinó hasta frenar a sus pies, estaba alarmado.

Dell bajó la ventana sucia y gritó:

—¡Hey!

El chico sintió todo su cuerpo tenso. No le dices "Hey" a alguien llamado "Ha".

Y luego Dell gritó:

—¡Súbete! ¡Tenemos prisa!

Quang-ha no cedió.

—¿Qué sucede?

Dell abrió la puerta del auto.

—Pregúntale a tu madre. Ella está armando todo este fraude.

❧

Dell no explicó mucho, sólo que Pattie y Willow estaban arreglando su departamento para que pareciera que vivían ahí.

A Quang-ha todo le sonaba muy sospechoso.

Pero llamó a su madre al celular, y ella le dijo que tomara todos los utensilios de cocina de la cochera.

También debía tomar sábanas y cobijas y cosas del baño.

Estaba seguro que era la cosa más tonta del mundo, pero cruzó el callejón y llevó consigo al sudoroso asesor.

Durante un mes entero Quang-ha había dormido en el mismo cuarto con una completa extraña. Quizás alguien por fin haría algo al respecto.

❧

Dell se paró en la entrada de la cochera y sólo miró.

¡Con razón habían usado su dirección! Este lugar ni siquiera parecía que fuera legal.

Dell creía que vivían en una casa, o al menos en un departamento de verdad. Así que esto era una verdadera sorpresa.

¿De dónde sacaba la mujer toda su actitud?

Después de que él y el Lobo Estepario (que quizás era un Raro) metieron en la cajuela de Dell una olla de arroz, un vaporizador de bambú, un wok, media docena de tazones, tongs, una colección de palillos, dos cuchillos para carne, tres cazuelas y la ropa de cama, llenaron una vieja caja de leche con comida.

Luego tomaron algunas cosas del baño del salón y siguieron su camino.

Quang-ha lo sentía como un escape de prisión.

Para cuando llegaron al estacionamiento de los Jardines de Glenwood, ya estaba completamente al tanto del plan. Parecía obvio que estaban rompiendo la ley, o al menos desafiando algún tipo de regulación.

Y eso era emocionante.

Capítulo 34

⁓

¿**E**xiste alguna prenda más íntima que la ropa interior?

No lo creo.

Dell utiliza de todos los estilos.

Tiene una gran variedad de colores y un número asombroso de estampados. Le gustan mucho los personajes de caricaturas. Y los vegetales.

En verdad me perturba saber esto.

Este hombre no es sólo mi consejero. También se supone que monitorea mis tareas. Aunque, en cinco semanas, eso no ha salido a colación ni una sola vez.

Me resisto a creer que no podamos sólo dejar sus calzones en el armario, pero a Pattie le gusta hacer las cosas de la Manera Correcta.

Incluso si eso involucra meterse con el desorden obsesivo-compulsivo de los calzones de alguien.

Nos toma tres viajes llevar toda la ropa sucia hasta el cuarto de lavado.

Cuando comenzamos la primera carga, Pattie se convierte en una especie de tornado humano.

Antes, ahora me doy cuenta, sólo era como una pequeña tormenta tropical.

Para cuando Dell y Quang-ha suben cargando la caja de utensilios de cocina, ya trapeamos el suelo (que resulta ser anaranjado, no café), limpiamos el microondas y todas las mesas, y llenamos ocho bolsas de basura con más desperdicios.

Yo sé mucho sobre gérmenes y bacterias, así que esto es un verdadero reto para mí.

Dell apenas termina de subir las cosas de la cochera cuando Pattie le da otra lista y lo empuja por la puerta.

Quang-ha se queda con nosotros.

Todo en el departamento de Dell se ve gris.

Esto es porque alguien puso una lona sobre el tragaluz de la sala. Probablemente para disminuir los costos del aire acondicionado o algo así.

Ahora esa lona está cubierta de polvo atmosférico. Manchas de moho cubren los bordes en donde se acumula el agua.

Así que cuando estás en la sala de Dell, no importa el clima afuera, siempre parece que un huracán categoría 5 acaba de llegar.

Pattie tiene las manos en la cadera y está mirando hacia arriba, al tragaluz tapado.

Dice:

—Eso no está bien.

La expresión en el rostro de Pattie no está bien.

Miro hacia arriba, igual que ella.

Es como si un pañal sucio gigante estuviera en el techo.

Llama a Quang-ha, quien acaba de recibir una bolsa de plástico grande llena de botellas de vino y cerveza (que estaban debajo del lavabo del baño) para llevar al basurero.

Pattie apunta hacia el cielo.

—Quiero que subas al techo y quites esa lona.

En un mes no he visto a Quang-ha feliz ni una sola vez, así que su mueca sólo es más de lo mismo. Dice:

—Me pediste que tirara las botellas.

Pattie dice:

—Haz las dos cosas.

Me siento mal por él y ofrezco:

—Te ayudo.

Quang-ha no quiere mi ayuda. Pero su conducta estándar es ignorarme. Completamente.

Y estoy bien con eso.

Ahora toma la pesada bolsa y se dirige a la puerta.

Yo lo sigo.

Estamos en el pasillo y él arrastra la bolsa de botellas. Debería dejarla si va a subir al techo, pero no lo hace.

No digo nada porque es más grande y no me soporta. Y también porque ahora apenas hablo.

Sólo está aquí limpiando gracias a mí y a mis problemas.

Hay unas escaleras al final del pasillo y un letrero indica que llevan a la azotea.

Me gustaría que Quang-ha dejara la bolsa de botellas. Creo que intenta probarme algo, como que la bolsa no es muy pesada. Pero sé que lo es.

Hoy he levantado más cosas que en los últimos seis meses.

Quang-ha sube las escaleras estrechas. Hay una puerta al final con un letrero que dice:

ACCESO A LA AZOTEA

SÓLO PARA EMPLEADOS

No creo que cubramos el requisito, pero de todas maneras Quang-ha empuja la puerta. El sol se está poniendo, pero aún hay luz afuera. Hay diez tragaluces y diez lonas viejas.

Así que Dell no es el único con sombras grises en su interior.

Apunto hacia el extremo izquierdo del edificio.

—Ahí. La tercera es su sala.

No va a discutir porque, después de un mes de vivir conmigo, sabe que sólo hablo para enunciar hechos.

Quang-ha lleva consigo la bolsa mientras se mueve por el techo caliente.

De nuevo lo sigo.

No sé por qué. Soy su sombra y me doy cuenta de que sólo estoy empeorando todo.

Unos ladrillos sostienen las esquinas de las lonas, y cuando llegamos a la que corresponde al departamento de Dell, levanto uno.

Quang-ha se inclina y, con su mano libre, le da un jalón a la manta sucia.

Pero la bolsa de basura se resbala de su otra mano y las botellas se desparraman, y una se rompe justo a sus pies.

Pedazos de cristal verde vuelan en todas direcciones y aterrizan en el plástico transparente del recién descubierto tragaluz.

La Antigua Yo habría gritado por el golpe.

La Nueva Yo espera este tipo de cosas.

De hecho, la Nueva Yo está sorprendida de que no nos hayamos cortado con las esquirlas voladoras.

Quang-ha estaba enojado. Ahora está *muy* enojado. Comienza a recoger los pedazos de vidrio.

Yo me muevo rápidamente para ayudar.

Sobre el tragaluz puedo ver tres pedazos de vidrio que reciben el sol. Envían pequeñas pinceladas de color hacia la habitación debajo de ellos.

Miro a Quang-ha. Él también lo ve. Digo:

—Es como una ventana entintada.

Quang-ha está en silencio, pero toma una botella de cerveza y la rompe. Después pone un pedazo de vidrio color ámbar en la superficie.

Un trozo de luz marrón-anaranjado llega a la alfombra de Dell.

Intercambiamos miradas.

Pero no decimos nada.

Y después nos ponemos a trabajar, cubriendo todo el tragaluz.

Terminamos rompiendo todas las botellas para tener suficiente vidrio.

Me parece extrañamente disfrutable.

Puedo ver que Quang-ha se siente igual, aunque está callado mientras destrozamos lo que parece ser un verdadero problema con la bebida.

Cuando por fin terminamos, bajamos.

Quang-ha abre la puerta y podemos ver de inmediato que la habitación tiene una cualidad completamente distinta.

La luz.

Trozos de verde y ámbar se cuelan desde arriba.

Lo que era una característica ordinaria y anodina, de repente es algo interesante.

Estamos ahí parados mirando nuestro trabajo cuando Pattie entra. No quiero que se enoje, sobre todo con Quang-ha. Digo:

—Es temporal.

Quedo sorprendida cuando Pattie simplemente dice:

—Quang-ha, puedes acomodar los muebles si tienes una mejor idea de cómo deberían estar.

No me sorprende cuando lo hace.

Quang-ha pone todo en lugares distintos, con el sillón y las sillas en un ángulo. No sigue las líneas del cuarto rectangular; hace sus propias formas.

Y cuando termina, quiero decir:

—Hay una diferencia cualitativa en el efecto visual del cuarto.

Pero en su lugar digo:

—El cuarto se ve mejor.

Quang-ha sólo se encoge de hombros, pero puedo ver que ya no está haciendo muecas.

Es la primera cosa que hemos hecho juntos, y se siente extraño.

Para los dos.

Y tengo que confesar que estar en un cuarto con un chico adolescente que aprecia el efecto de los trozos de vidrio de color, me hace sentir mejor en este mundo.

Capítulo 35

❦

Dell quitó su nombre del buzón #28 y lo remplazó con un pedazo de papel en donde Quang-ha había escrito artísticamente *Nguyen*.

Después salió corriendo hacia su auto y se fue justo cuando Lenore Cole se estacionaba afuera.

Fue directamente al bar más cercano, llamado Martillo. La mayoría de la gente en Bakersfield iba al Martillo cuando chocaban sus autos o se quedaban sin electricidad durante una ola de calor y se derretía todo su helado.

El bar era un imán de miseria. Nadie se ponía su suéter bonito o sus jeans apretados para ir al Martillo.

Por eso, en ese lugar Dell se sentía en casa.

Ahora, mientras manejaba hacia el estacionamiento, respiró aliviado. Se había escapado de Pattie Nguyen.

Dell estaba hablando en voz alta cuando abrió la puerta del auto.

—¡¿Quién murió y le encargó todo a ella?!

Después recordó que dos personas sí habían muerto. Y que tal vez era él quien había puesto a Pattie Nguyen a cargo al involucrar a su prepotente hija.

La única certeza que Dell tenía era que alguien estaba hirviendo manojos de espinacas en una cocina que nunca, bajo su supervisión, había siquiera visto un vegetal crudo.

Al menos su ropa interior estaba en la lavandería.

Dell encontró un lugar dentro del bar apenas iluminado. Mientras se recargaba en la barra pegajosa sacó una pluma de su bolsillo y se acercó una servilleta.

Estaba buscando recuperar el control, así que regresó al Sistema Dell Duke de lo Extraño.

Escribió:

1 = INADAPTADO

2 = EXTRAÑO

3 = LOBO ESTEPARIO

4 = RARO

5 = GENIO

Y añadió una nueva categoría:

6 = DICTADOR

Mai tuvo que tomar dos autobuses para llegar a los Jardines de Glenwood.

Y eso no la hacía feliz.

Se enteró de la visita del Servicio Social cuando llamó a su madre desde el salón.

¿Por qué no le avisaron qué estaba pasando?

Ahora, una hora más tarde, a Mai le dolían los brazos por cargar su mochila.

Pero, dentro de ella, sentía un dolor distinto.

Tenía que cuestionar la lógica detrás de aparentar vivir en el departamento de Dell Duke.

Tal vez Willow debió haber entrado al sistema de orfandad justo después del accidente.

Su madre lo había dejado claro. No estaban en posición de adoptar otra hija.

Ella quería ayudar, ¿pero y si sólo había terminado hiriendo más a Willow?

Mai miró su zapato derecho, que no era más que una sandalia de satín, y pisó con fuerza una bellota.

Pero la nuez no se partió bajo su pie.

Era dura y sólida y le dolió. Fue como pararse sobre una roca puntiaguda.

Mai sintió que todo su cuerpo se adormecía.

Hay tantas cosas que causan dolor inesperado.

Mai pateó la bellota, que voló a través de la acera hasta el pavimento. Vio cómo un auto pasaba sobre la nuez todavía inmadura.

Mai se acercó hacia la calle para verla mejor.

La bellota no sufrió ningún daño. Estaba a un lado del camino, intacta.

Mai dejó su mochila en el suelo y fue por ella.

La bellota era una sobreviviente.

Mai la metió a su bolsillo.

Afortunada. Eso era la bellota.

Cuando Willow estuviera distraída, Mai la pondría en algún lugar donde pudiera encontrarla.

Capítulo 36

Estoy exhausta.

Ayudé a transformar el departamento de un ermitaño acumulador, soltero y perezoso, en un espacio familiar.

Y lo hicimos en tiempo récord.

Ahora, mientras el vaporizador de bambú enciende, y Pattie me tiene picando cebollas verdes, suena el timbre.

Es Lenore Cole.

Una vez a la semana, desde el accidente, voy a Jamison.

Ya me hicieron un examen médico completo. Tuve tres sesiones con un psiquiatra (el Dr. Ron McDevitt) y vi a Lenore Cole dos veces.

Se discutió la posibilidad de enviarme a un albergue para niños en adopción, pero no es fácil encontrarle lugar a los chicos de más edad.

Durante mi última visita, el jueves pasado, conocí a una chica en el baño que me dijo que cuando se te caen los dientes de leche, nadie te quiere adoptar.

También me dijo que los padres adoptivos prefieren a los chicos rubios.

Y no creo que lo haya dicho para molestarme.

Las dos tenemos el cabello del color de la tinta.

La trabajadora social no se queda con nosotros mucho tiempo.

Afortunadamente.

Supongo que pasamos la prueba.

Pattie no está intentando ser una madre adoptiva, pero de todos modos hay requisitos, incluso para quienes están a cargo de la custodia temporal.

En el pasillo, Lenore Cole dice:

—Encontraremos el lugar adecuado para ti, ésa es nuestra misión.

Yo no respondo.

Quiero que esta mujer salga por la puerta, entre a su auto, salga del pueblo y luego del condado y luego del estado entero y que, al final, sea reubicada en ese lugar llamado Tornado Alley, en Kansas.

Pero no es su culpa.

Yo soy el problema.

Quizás hay muchos albergues infantiles en Kansas.

Estoy en la sombra del zaguán viendo cómo la trabajadora social se sube a su auto y se aleja.

Pasa junto a Mai.

Tan sólo ver a la graciosa adolescente cambia todo para mí.

Cuando le digo que tenemos un cuarto con literas *Semper Fi* gira en su caparazón.

No tiene un caparazón de verdad, por supuesto, pero lo que sea que la protege de la vida, literalmente gira frente a mí.

Parece que desde hace mucho deseaba subir una escalera de metal antes de dormir.

Quizás es el resultado de años de dormir en el suelo.

No quiero desilusionarla diciendo que todo esto es sólo un truco para evitar que me llevaran.

Ya en el departamento, le agradezco a Pattie por todo lo que ha hecho hoy.

Por fin se sienta, lo que es un gran alivio.

La mujer más práctica del mundo sólo encoge los hombros y dice:

—*Những gì mình mong ít khi nào nó xẩy ra. Những gì mình không muốn thì nó lại cú đến.*

Que significa:

—Lo que esperamos rara vez sucede; sucede lo que nunca esperamos.

Tomo la mano de Pattie. Me sorprendo cuando lo hago. Soy demasiado mayor para estar haciendo esto, pero no puedo evitarlo. Logro decir:

—No es una manera científica de verlo, pero por lo que está pasando en mi vida lo entiendo por completo.

Es lo más extenso que he logrado comunicar en mucho tiempo.

Y no estoy segura si es el cansancio, o si algo ha cambiado, pero cuando la miro, con mi mano sobre la suya, sonrío.

Mis dientes no se pegan a mis labios.

Y Pattie no se voltea.

Todos tienen mucha hambre, incluso yo, y eso que yo ya no tengo apetito nunca.

Pattie intenta localizar a Dell pero no contesta su celular.

Así que cenamos sin él.

Y lo que se siente muy raro es que, de repente, parece que en realidad todos vivimos en los Jardines de Glenwood.

Comemos en la mesa de formica y tiramos nuestros platos desechables (Dell no tiene otros) en la basura.

Pattie manda a Quang-ha a tirar la basura inmediatamente, porque ahora la cocina es una zona libre de basura.

Todos ayudamos a limpiar y a guardar las sobras, y luego nos ponemos cómodos en los nuevos muebles usados.

No puedo creer que aún le queden energías, pero Pattie comienza a doblar la enorme montaña de calzones de Dell.

Quedan como nuevos.

Así de precisa es.

Quang-ha está enamorado de la enorme pantalla de Dell, y pronto encuentra un programa en donde jugadores de futbol japoneses usan su cabeza para romper vasijas de barro.

Todos miramos.

Es extrañamente adictivo.

Sé que muchos de estos golpes en el cráneo, a largo plazo pueden causar problemas de salud.

Pero en este momento parece la última cosa de la que debería preocuparme. Así que me dejo ir.

Durante un breve momento, ya que todo en este cuarto es tan distinto, me olvido de que no tengo madre, padre o un lugar al que llamar hogar.

Me recargo en el sillón.

Y siento un dolor agudo en mi costado derecho.

Cuando me toco me doy cuenta de que estoy sentada sobre una bellota pequeña, verde. No tengo idea de cómo llegó hasta ahí.

Las manzanas crecen en los manzanos. Y las cerezas en los cerezos. Pero nunca decimos que las bellotas crecen en un árbol de bellotas.

Ese tipo de cosas son interesantes.

Al menos para algunas personas.

Sostengo la pequeña bellota (que por definición es una fruta) en la palma de mi mano. Mai está junto a mí, sonríe y dice:

—Tal vez es una bellota de la suerte.

La meto en mi bolsillo porque quizás tiene razón.

Después de todo es una semilla y, por definición, las semillas son el comienzo de algo.

Descanso mi cabeza en el respaldo del sillón, y aunque mis ojos están llorosos, puedo ver la luna llena como una paleta verde con ámbar a través del tragaluz.

Y no está nada mal.

Capítulo 37

Ya era tarde cuando Dell llegó dando tumbos a su departamento.

Literalmente, no reconocía el lugar, y no sólo porque Pattie estuviera dormida en el nuevo sillón del Ejército de Salvación y Quang-ha desparramado en la alfombra debajo de una cobija roja.

Dell cerró la puerta y fue hacia el pasillo. Willow y Mai dormían en la segunda habitación en la litera *Semper Fi*.

Se preguntó por qué no se habían ido a casa, entonces recordó que no tenían auto y, de momento, él tampoco. Había ido caminando a casa.

Después de ver maravillado todos los cambios, se fue a su cuarto, donde la cama estaba tendida con las sábanas de Pattie y un edredón mullido.

Dell se tumbó boca abajo en el colchón.

Y ahí seguía cinco horas después, cuando el sonido de la regadera lo despertó.

No era un ruido normal.

Nunca había escuchado el correr del agua en su propio departamento.

Dell abrió los ojos y se percató de que el sonido venía del baño. Miró los números de su reloj digital y eran las 5:21 a.m.

¿Quién se despertaría tan temprano?

Era uno de *ellos*. Y podía adivinar cuál.

Dell hubiera dado su pie izquierdo por una hora más de sueño.

Cerró los ojos y se vio a sí mismo con un faltante debajo del tobillo de su lado más débil.

Esto lo hizo preguntarse si su herida le permitiría recibir algún tipo de pago por incapacidad, por parte del distrito escolar.

Usaba su pie derecho para conducir, como la mayoría de las personas, así que se imaginó que el pie izquierdo no valía tanto.

¿No es así como funcionan las compañías de seguros? ¿No todo tiene algún tipo de precio predeterminado?

Quizás sería mejor dejar ir un brazo.

Y luego alguien tocó a la puerta y el *Foro de Discusión Idiota de Dell Duke* fue interrumpido por la voz de Pattie Nguyen.

—¿Estás despierto?

Quería decir que *ahora* lo estaba. Pero contestó:

—Desde hace horas.

Esperaba que sonara muy sarcástico, pero ella contestó:

—Yo también.

Pattie empujó la puerta y entró diciendo:

—Los de Servicios Sociales vienen la próxima semana. Hasta que encuentren un lugar para Willow, creo que lo mejor será que nos quedemos aquí. No puedo estar limpiando tu cochinero.

Dell estaba callado. No porque no tuviera una opinión, sino porque a esa hora de la mañana no tenía las energías para gritar.

Pattie continuó:

—Vi un anuncio en el cuarto de lavado. Están buscando un compañero de cuarto en el departamento 22.

Dell cerró los ojos. Tenía que estar soñando.

Salvo que en sus sueños, por lo general, se escondía. Y misteriosamente, su cuerpo solía estar pintado de azul.

Dell abrió los ojos. Pattie ya se dirigía a la puerta.

—Voy a apuntar el correo electrónico. No es tan temprano para que escribas diciendo que te interesa. Es temporal. Sólo mientras arreglamos todo esto.

Dell había visto a Sadhu en el estacionamiento, pero nunca habían cruzado ni siquiera un saludo.

Ahora, a una hora indecente de la mañana, estaba sentado frente a él. Esa loca Nguyen había insistido en que enviara un correo de inmediato, y para su sorpresa, obtuvo una respuesta inmediata.

El tipo al otro lado del pasillo le pidió que se vieran en ese momento.

¿No debería estar dormido?

¿Qué pasaba con toda esa gente?

Sadhu se aclaró la garganta y dijo:

—Soy vegetariano.

Dell asintió. Sadhu parecía lleno de esperanzas.

—¿Tú también eres vegetariano?

Dell sacudió su cabeza. No iba a mentir, pero tampoco entraría en detalles sobre su obsesión con el pastel de carne.

Porque estaba tan cansado, que parecía alguien recién salido de la escuela de mimos.

O, al menos, creía fuertemente en el poder de la comunicación no verbal.

Sus respuestas fueron una serie de movimientos de cabeza, puntuados por bostezos, cejas levantadas e hipo atragantado.

Y luego de esto fue aceptado como compañero de cuarto.

Minutos después, Pattie Nguyen le dio un cheque a Sadhu por concepto de una renta por la segunda habitación del departamento 22, en el complejo habitacional en donde Dell ya rentaba el departamento 28.

Ella cubriría sus gastos con Sadhu, y Dell seguiría pagando su departamento.

Mientras estrechaba la mano de Sadhu, Dell por fin pudo enunciar algo. Dijo:

—La comida picante me provoca indigestión.

Sadhu asintió con la cabeza como si comprendiera, pero Dell estaba seguro de que el tipo estaba cocinando pimientos en vinagre.

Capítulo 38

❧

Todo es "temporal".

Es lo que dice Pattie.

Creo que es su frase favorita.

¿Qué es más temporal que el barniz de uñas? Con razón se siente tan apegada a ese concepto.

Pattie nos explica que hasta que aparezca un lugar adecuado para mí, nos quedaremos en el departamento 28 de los Jardines.

Servicios Sociales hará visitas semanales, así que ir y venir sería demasiado.

No les explico que todo en el mundo es temporal porque no me meto en estas conversaciones.

Digo que comprendo.

Pero me siento mal por Dell Duke.

No sólo porque Pattie y yo vimos su montaña de calzones (que debe ser la razón por la que accedió a mudarse).

Cuando me sentaba en el jardín de mi casa me gustaba observar aves, y no sólo los periquitos de cola verde, sino también las especies migratorias.

Pienso en cómo las aves pequeñas suelen moverse en grandes parvadas.

Desde la distancia, incluso, parecen humo.

Todavía no se sabe por qué cambian de dirección tan repentinamente.

Los pájaros parecen haber perdido sus intenciones individuales.

Son parte de una organización más grande.

Y lo aceptan.

Algo dentro de ellos cede. Los científicos no saben qué.

Ahora yo soy parte de una parvada.

También Dell Duke.

Le guste o no.

Miro cómo Dell junta parte de su ropa, su cepillo de dientes y un bote de algo que parece ser spray para el cabello.

Con paso lento, se dirige al departamento de Sadhu Kumar.

No pisa fuerte, pero casi.

¿Quién puede culparlo?

Dos horas más tarde, con Mai y Quang-ha despiertos y ayudando, la ropa de trabajo de Dell, así como sus pantalones enormes, su colección de sandalias y suficiente ropa interior para seis meses están amontonados en el pequeño armario de la segunda habitación de Kumar.

Sólo una bolsa para basura llena de camisetas sucias se queda con nosotros.

Y ya que el armario de Dell está vacio, Pattie toma prestado su auto y trae más cosas del salón.

Mai va con ella.

Creo que nunca he visto a mi amiga tan contenta.

Dell tiene una televisión enorme, pero no la ha programado bien.

Ajusto la configuración y ya no se ve tan alargada ni tan brillante. También arreglo que el sonido esté sincronizado con la imagen.

Noto que hay más de setenta canales que no están activados.

No creo que haya leído el manual.

Dell entra, ve los cambios y dice que las personas se ven mejor cuando no están tan anaranjadas. Sobre todo, le gusta que cuando hablan sus labios están sincronizados con el audio.

Le muestro los canales nuevos y se enoja porque lleva un año pagando por el servicio Premium.

Está muy enojado.

Ahora estoy segura de que tendremos de qué hablar en nuestras sesiones semanales, porque me ha pedido que revise cada aparato de la casa.

Esta noche comienza nuestro nuevo acomodo.

Mai y yo seguimos durmiendo en la segunda habitación. Pattie duerme en el cuarto de Dell. Dell está con Sadhu Kumar.

Oficialmente, Quang-ha tomó posesión de la sala. Tiene cobijas y una almohada en el sillón porque duerme frente a la televisión.

Y cuando digo enfrente es enfrente.

Esto podría causarle fatiga en los ojos.

Pero parece tan emocionado con esta nueva situación que no digo nada.

Esta mañana despierto en mi cama *Samper Fi* con la certeza de que tengo que ganarme la vida.

Al menos hasta donde es posible para una niña de doce años.

Mis padres no tenían seguro de vida ni una verdadera cuenta de ahorros.

Eran responsables y trabajadores, pero resulta que no eran muy buenos en la planeación a largo plazo.

Comenzaré poniendo la contabilidad del Barniz Feliz en un nuevo programa de computadora.

Todos se han sacrificado por mí.

Es lo menos que puedo hacer.

Han pasado tres días.

Tal vez es algún tipo de broma, pero Quang-ha deja un hueso de aguacate en el borde de la ventana de la cocina.

Al parecer ama el guacamole.

Mai dice que cuando Quang-ha era chico intentaba cultivar aguacates. Entonces Quang-ha se enoja y tira el hueso en la basura.

No he pensado en cultivar nada después de Antes.

Es muy doloroso.

Pero cuando nadie está mirando, saco el hueso de aguacate de la basura. Me dan ganas de llorar de sólo verlo.

Y no lo puedo evitar. Comienzo a pensar en la composición de la tierra.

Intento sacarlo de mi mente.

Pero más tarde, cuando me asomo por la ventana, mis ojos llegan a los árboles que están al otro lado de la calle.

Tres especies distintas.

Considero las posibilidades de injertar pedazos de madera de una planta en otra.

Estoy en la cama.

Todos están dormidos.

Es tarde.

La noche siempre es lo más difícil.

Las sombras te jalan.

Escucho que un perro ladra en algún lugar.

Cierro los ojos y, en lugar de oscuridad, veo hormonas creciendo.

Puse lo que Mai llama mi "bellota de la suerte" en una caja junto a la litera.

Abro los ojos y la miro.

El mundo de las plantas es un terreno pantanoso.

Es difícil no involucrarse.

Capítulo 39

❧

Es fin de semana.

Voy a la sala. Quang-ha está desparramado en el sillón, cambiando de canal como si le pagaran por el número de programas que puede ver al mismo tiempo.

Su agitación es algún tipo de lucha interna.

Pero no es muscular, es mental. Conozco la diferencia.

No quita la mirada de la televisión, pero dice:

—¿Buscas algo?

Quiero decir que sí, que estoy buscando cualquier cosa que haga que este mundo plano regrese a su forma original, pero sólo digo:

—No, quiero un vaso de agua. La deshidratación es la causa del noventa por ciento de la fatiga durante el día.

Alguien toca la puerta.

Es sábado y Pattie está trabajando. Mai salió con sus amigos. Quang-ha y yo estamos en casa en los Jardines.

Voy a abrir la puerta y Dell está ahí afuera. Comienza a decir algo, pero no le sale nada.

Sé cómo se siente.

Es una situación muy rara por varias razones.

Vivimos en el departamento de Dell Duke. Y tiene que tocar para entrar.

El jueves Pattie dejó en claro varias reglas. Es dura. Le quitó la llave porque el segundo día él se encerró en el baño durante una hora, entonces ella le dijo que debía usar el de Sadhu.

Pero yo le abro. Si estuviéramos en la jungla, abriría las hojas del árbol y quitaría la rama.

Da un paso hacia adentro.

Quang-ha grita:

—Yo no fui.

Quang-ha tiene un verdadero complejo de persecución, que sin duda es legítimo.

El consejero dice:

—Allá no tengo televisión. Me estoy perdiendo todos mis programas.

Quang-ha responde:

—Puedes sentarte aquí si no haces nada asqueroso.

Veo que la cara de Dell se suaviza. Creo que le gusta la palabra *asqueroso*.

Ahora soy invisible, y estoy bien con eso. Dell se acerca a la pantalla grande y pregunta:

—¿Ves muchos deportes?

La respuesta de Quang-ha no parece una broma:

—No si puedo evitarlo.

Es la respuesta correcta porque Dell parece aliviado cuando se tira en el sillón.

Cae como un costal de papas y me siento mal por quien sea que viva debajo de nosotros.

Yo no tuve hermanos y mi papá nunca llevaba amigos a pasar el rato en el sofá hablándole a la televisión.

Pero eso es lo que sucede ahora.

Así que esto es nuevo para mí.

Dell saca un cortaúñas del bolsillo de su pantalón y, mientras Quang-ha cambia los canales, Dell se quita los calcetines y se corta las uñas de los pies.

No creo que lo haría si no hubiera vivido antes aquí.

Me retiro a las sombras de la cocina.

En lugar de mirar hacia el espacio o dormir, observo.

Desde el accidente, no siento ningún interés por prácticamente nada, así que es posible que esta vigilancia me sea de alguna ayuda en términos psicológicos.

Pero probablemente no.

El adolescente y el hombre son lo más cercano a la vida silvestre que he visto.

Me doy cuenta de que es una oportunidad única de ver dentro de estas dos personas. No es que sean muy misteriosos.

Pero estoy buscando comprender cosas más grandes.

Como la raza humana, por ejemplo.

Ahora mismo me doy cuenta de que Dell y Quang-ha se rascan más que las mujeres.

Están tumbados en sus asientos y parecen muy concentrados en la programación.

En tres ocasiones escucho algo que sólo se puede definir como "risa agresiva".

Después del tercer estallido, los dos hacen un puño y chocan los nudillos.

Durante un nanosegundo temo que esto sea una pelea.

Pero es justo lo contrario.

Lo de los nudillos es una señal de amistad.

Pero me consta que estas dos personas no se caen bien.

¿La televisión los está uniendo?

¿Cómo es que un grupo de mujeres fuera de control en traje de baño en una carrera de canoas logra esto?

Llevo a cabo mi vigilancia desde las sombras, junto al refrigerador que ronronea. Es una observación silenciosa e inmóvil.

Es como si hubieran olvidado que estoy en el departamento. Su comportamiento parece ser completamente reflexivo y natural.

Quang-ha tiene el control de la televisión y pasa por los canales como una abuela pasaría las páginas de un catálogo de esquís marinos.

No se detiene mucho a analizar.

Dell y Quang-ha parecen estar cazando dos cosas:

Sobre todo buscan actos de violencia. (Ven muy divertidos una caricatura donde a un hombre le clavan un picahielos en el ojo.)

El resto del tiempo acosan las ondas en busca de mujeres atractivas.

Cuando encuentran cualquiera de las dos, se detienen para disfrutar el estímulo visual.

A las chicas les llaman "ardientes".

Pero no porque sean intocables, como los objetos que están a temperaturas altas.

No.

Quieren decir atractivas.

Dell incluso grita:

—¡Superardiente!

Y escucho a Quang-ha decir:

—¡Humeante!

Todo parece muy inapropiado.

Hay un idioma entero aquí.

Esto es aprendizaje.

Salgo después de un rato.

Necesito aire fresco.

Antes, a menos que estuviera lloviendo muy fuerte, me la pasaba afuera casi todo el día.

Ahora quiero sentarme en mi viejo patio trasero, que de alguna manera era una jungla.

Pero, por supuesto, no puedo hacerlo.

Aunque este lugar se llama Jardines de Glenwood, sólo hay mala hierba y la polvorienta roca pómez en el área central.

Me siento en los escalones y veo las capas de piedra, que parecen (a la distancia) montones de papas rojas.

Cierro los ojos y, siempre y cuando los mantenga así, estoy rodeada de verdor. Puedo sentir las plantas meciéndose por el viento y el suelo vivo debajo de mí.

Solía ser una experta en lombrices porque un buen jardín alberga muchas formas de vida.

Durante aquellos años hice papel casero con la pulpa de los árboles y machaqué uvas con los pies (aunque era más fácil hacerlo con una licuadora).

Cosechamos mucho de lo que sembré.

Ahora escucho la lavadora dando tumbos en el cuarto de lavado.

Y el radio de alguien. No puedo evitar escuchar pedacitos de publicidad de un lugar que vende llantas a bajo costo.

El tipo del radio no sabe que perdí a mis padres. Sólo vende llantas baratas de caucho.

La persona que puso la ropa en la lavadora no tiene idea de que necesito un hogar adoptivo.

Escucho el sonido de un motor en el cielo, abro los ojos y miro hacia arriba justo a tiempo para ver un avión pasando muy alto.

Ahora pienso en los pasajeros a bordo.

Pienso en ellos y en sus vidas.

¿Estarán viendo hacia abajo por las ventanillas?

¿Verán un edificio de dos plantas pintado de un horrible color rosa?

¿Pensarán en las personas que viven ahí?

¿Sienten a la chica en los escalones que intenta encontrarle algún sentido al mundo?

Lo dudo seriamente.

¿Quién querría un lugar en mi fiesta lastimera?

Me levanto y voy hacia el frente del complejo habitacional.

Veo un colibrí en un árbol que está plantado en el espacio entre la acera y la avenida.

Tomo una decisión y me dirijo al departamento.

Dell y Quang-ha apenas levantan la mirada cuando entro. Están viendo un partido de voleibol de chicas en la playa. Con mucha atención.

Voy a la cocina y pongo a hervir cuatro tazas de agua.

Esto suelta el cloro.

Después agrego una taza de azúcar, que se disuelve fácilmente por el calor.

Espero a que la mezcla se enfríe.

Esto es lo que usaba para alimentar a los colibríes de mi jardín.

Ahora sirvo el todavía tibio jarabe en un tazón y voy abajo. Pero primero me pongo mi sombrero rojo para el sol.

Afuera, me siento junto al árbol.

Mojo mis manos con la mezcla azucarada y me siento muy, muy quieta.

Toma algún tiempo, pero finalmente un colibrí de garganta rubí baja y come de la punta de mi dedo índice endulzado, inmóvil.

He escuchado que hay lugares en donde hacen competencias de estatuas humanas.

Pero estoy segura de que no hay ninguna cerca de Bakersfield.

Sólo veré lo que quiera ver.

Es posible que así sea como la gente supera las crisis.

El mundo que habitamos está, en gran medida, en nuestra cabeza.

Si me van a enviar por el estado de California a un hogar lejano sin internet, ni libros, ni vegetales, con una familia que adora en secreto a Satanás y sólo come carne enlatada, que así sea.

Hasta entonces, mi vida está en los Jardines de Glenwood.

Y estoy pensando que este lugar necesita un jardín de verdad.

Capítulo 40

Sucede, como la mayoría de las cosas, poco a poco. Tomo algunos pedacitos.

No pienso en qué haré con ellos.

Tres días después, cuando estoy bajando del auto de Dell, me doy cuenta de que el hombre que hace el mantenimiento cortó la planta de jade que estaba en la entrada principal del complejo habitacional.

Algunos pedazos aún están en el suelo.

Los recojo.

Los llevo dentro y los pongo en un vaso con agua.

La luz es buena en las ventanas frontales. Dan hacia el sur.

Esta mañana tengo asesoría.

Camino del salón a la oficina de Dell y me doy cuenta de que estoy mirando los jardines y los árboles y las camas de flores.

No las había visto hasta hoy.

Sé que no es posible que todo esto haya sido plantado la semana pasada.

¿Qué he estado viendo durante las últimas seis semanas?

Llego a la oficina de Dell y pretendemos, como siempre, que nada ha cambiado y que no vivimos en el mismo departamento en el mismo vecindario de Bakersfield.

Que no nos lleva a Pattie y a mí todas las mañanas al salón de uñas.

Que no cena con nosotros.

Que no mira horas de televisión inapropiada con Quang-ha.

Me siento y dice:

—Tenemos que hablar sobre tu regreso a la escuela.

Digo:

—No estoy lista.

Dell Duke me mira y, lo que sea que esté haciendo mi rostro, funciona, porque se encoge de hombros y dice:

—Está bien.

Pasamos el resto de la sesión básicamente mirando hacia la nada. Y cuando es hora de irme, dice:

—Dime una cosa que pueda hacer para mejorar tu vida.

Me sorprende que una voz salga de mi cuerpo:

—Me podrías comprar un paquete de semillas de girasol.

Dell se inclina hacia adelante.

—¿Para comer?

Contesto:

—Para plantar.

Asiente. Pero luego repite:

—¿Para plantar?

Digo:

—Sí.

Pattie y yo regresamos en autobús al departamento y Dell nos está esperando en la sala.

Está con Quang-ha y la televisión está encendida.

Se levanta y nos lleva a la cocina.

Tiene dos docenas de paquetes de semillas de girasol en una de las mesas.

Podría plantar todo un campo de girasoles.

Él dice:

—No sabía que hubiera tantos tipos. No sabía cuál querías, así que compré de todos.

Veo los paquetes: hay osos miel, rubias fresa. Hay helado de vainilla e híbridos chianti. Hay fantasía y tangina y del sol.

Incluso trajo un paquete de florescencia sin polen.

Miro los sobres de semillas y es demasiado.

Mis pestañas comienzan a llenarse de lágrimas.

No he llorado en mucho tiempo.

Pero supongo que cuando aprendes se vuelve más fácil, como cualquier cosa.

Sé que Dell no es una persona muy competente.

Ni siquiera es una persona particularmente interesante, a menos que lo juzgues por sus desórdenes en cuanto a organización.

Pero hasta este momento no me había percatado de que es una persona muy cariñosa.

No sé qué decir.

Así que recojo los paquetes de semillas y me voy a mi cuarto.

Escucho que Dell le pregunta a Pattie:

—¿Hice algo malo?

No escucho la respuesta.

Después de la cena voy al departamento de Dell y le digo que voy a abrir algunos de los paquetes.

Regresa al #28 y, junto con Mai, esparcimos algunas semillas sobre una toalla de papel húmeda que tengo sobre un papel encerado.

Luego explico que las mantendré húmedas durante algunos días.

Esto facilitará el proceso de germinación.

Mai y Dell miran. Parecen muy interesados.

—Los girasoles son originarios de las Américas. Vienen de México.

Del otro lado de la puerta se escucha una voz:

—Mi papá era de México.

Quang-ha hace como que nunca nos pone atención.

Pero, aparentemente, no es así.

Capítulo 41

Mai nunca se había sentido así.

Tal vez porque su hermano nunca le había gruñido tan seguido.

Y su mamá no le había dicho tantas veces que recogiera las cosas.

Mai se sentó en su cama y se dio cuenta de que tenía un cuarto de verdad, con paredes y una puerta que les pertenecía a ella y a Willow.

Al menos por ahora.

Quizás era la bellota.

Willow la puso en su buró. La chica comenzaba a coleccionar cosas. Recogió las vainas pequeñas que caían de los árboles en la calle Penfold.

Encontró una pluma blanca en la parada del autobús y una roca con puntos en la alcantarilla de la salida.

Mai sentía que era un comienzo.

Sabía que en cualquier momento les pedirían que empacaran y se marcharan, pero, hasta el segundo en que eso sucediera, Mai iba a disfrutar esa nueva vida.

Así que tomaba baños largos y calientes, aunque sabía que estaba desperdiciando agua y era malo para el planeta.

Acomodaba y reacomodaba su ropa cada vez que podía y admiraba los ganchos y los cajones del armario.

Estiraba los brazos al dormir para que colgaran de la litera.

Porque ahora podía hacerlo sin golpear a nadie.

Mai recortaba imágenes de las revistas y ponía en la pared fotos de personas que no conocía, pero le gustaban.

En el ático del salón de uñas encontró una caja de lámparas rojas de papel. Compró una serie de luces de Navidad, las amarró a las lámparas y luego las colgó del techo.

Hizo que el techo se encendiera y cobrara vida.

De una cosa estaba segura: el peso del mundo no volvería a caer enteramente sobre sus hombros.

Jairo manejó su taxi hasta la librería de la universidad.

Se formó en la larga fila de la caja para pagar.

Los libros eran caros. Especialmente los libros de texto.

Sostuvo contra su pecho los dos tomos de las lecturas requeridas para el curso introductorio de biología.

Eran usados. Eso era bueno. Alguien había subrayado los libros con marcador amarillo.

Jairo esperaba que fueran las partes adecuadas.

La sola idea de que había secciones *importantes* y *otras* secciones que no merecían el paso del marcador le daba dolor de estómago.

De repente, no pudo más.

No había ido a la escuela en catorce años.

Ahora, rodeado de tantos jóvenes, se sentía viejo.

Antiguo.

Tenía treinta y cinco años, ¿y no acababa de encontrarse unas canas el otro día?

Tres hebras. En la coronilla. En el centro, atravesando el matorral negro como las rebeldes que eran.

Esos tres cabellos eran unos forajidos que confiaban en que algún día conquistarían el mundo, que era su cabeza.

Jairo ya casi estaba en la caja cuando se dio la vuelta. Debería regresar los libros. ¿Qué le hacía creer que podía tomar cursos universitarios? ¿Por qué le darían trabajo en un hospital? ¿Cómo iba a pagar todo eso?

Todo esto era una gran pérdida de tiempo.

Jairo fue al laberinto de pasillos. Pero la tienda estaba atestada y no podía recordar de dónde había tomado los libros.

Y de ninguna manera los iba a dejar en el estante incorrecto. No iba a ser *ese* tipo de persona.

Calma.

Ahora, un plan.

Sólo cómpralos. Tenerlos no significaba que tenía que ir a clases. Quizás podía leerlos en su tiempo libre. ¿No tenía el resto de su vida para esperar a otras personas?

¿Podía regalarlos? ¿Qué tipo de regalo era ése?

Jairo se recargo sobre sus talones y dejó que sus ojos se cerraran durante un momento muy breve.

Necesitaba hablar con ella.

Su ángel.

Ella agradecería los libros.

Pensaba en ella cuando regresó a la fila de la tercera caja.

La joven detrás del mostrador registró sus compras y, cuando le dio el dinero, se quedó dubitativa.

¿Se veía sorprendida? La gente no parecía pagar de esa forma. La mujer apretó un botón para abrir la caja.

De repente, una luz dio vueltas y una chicharra comenzó a sonar.

Todos miraban.

A él. A la cajera. A la bola roja giratoria.

¿Qué había hecho?

Jairo sintió que su cara se ponía caliente y vio a alguien con apariencia de jefe que se dirigía hacia él. La cajera se reía y dijo:

—Es nuestro cliente número un millón.

No tenía idea de lo que estaba hablando. Su expresión estaba en blanco. Ella siguió:

—¡Ganó! ¿No se enteró?

Otros empleados se juntaban a su alrededor y un hombre con chamarra color vino apareció junto a su codo. Tenía un broche en su chamarra que decía GERENTE. Levantó una cámara.

—¡Sonría!

Jairo hizo lo posible por formar alguna sonrisa con su boca temblorosa.

Y luego escuchó que alguien en la pequeña multitud decía:

—¡Ganó veinte mil dólares! Y yo estaba justo detrás de él.

Jairo miró a su alrededor y se percató de que los triángulos de cartulina que colgaban sobre él decían:

CELEBRACIÓN DE ANIVERSARIO

¡SÉ NUESTRO CLIENTE 1 000 000 Y GANA!

Una mujer sostenía un teléfono cerca de su cara mientras decía:

—¿Nos puede decir su nombre? ¿Es un estudiante? ¿Qué está estudiando en la Universidad de Bakersfield?

Se dio cuenta de que lo estaba grabando. Logró decir:

—Soy un nuevo estudiante. Es la primera vez que vengo.

La multitud hizo un gemido colectivo, seguido de risas y charla.

—¡Su primera vez! ¡Yo me he gastado una fortuna en este lugar!

Mientras la mujer continuaba haciéndole preguntas, Jairo se percató de que sonreía mientras contestaba.

Y no podía dejar de hacerlo.

Después de llenar todo tipo de formularios —de la librería y del gobierno—, le tomaron la foto oficial.

Esta vez sosteniendo un cheque gigante.

Y luego le dieron el verdadero.

Todos eran muy amables con él. Le daban palmadas en la espalda y saludó a decenas de estudiantes. Abrazó a personas que nunca había visto en su vida.

Finalmente, mientras caminaba hacia su taxi, atravesando el estacionamiento bajo el sol de medio día, revisó su reloj.

Había estado ahí dentro durante casi tres horas.

Pero en su bolsillo trasero, doblado a la mitad dentro de su desgastada billetera de cuero, había un pedazo de papel que valía todo un año de manejar su taxi.

Y ese dinero pagaría todas las clases universitarias que quisiera.

Capítulo 42

❧

Todos los fines de semana Pattie va al mercado de productores en la Avenida Golden State y la Calle F. Le gusta ser de las primeras en llegar.

Hoy Mai fue con ella porque llevaron el auto de Dell y pueden comprar más cosas, así que le ayudará a su mamá a cargar las cosas.

De regreso, me van a comprar dos bolsas de tierra para plantar.

La mejor manera de plantar girasoles es en el suelo, no en macetas. Porque les crecen unas raíces enormes que se entierran muy profundo.

Mi plan es sembrarlas primero en pequeños contenedores y luego encontrar un lugar para trasplantarlas.

Dell y yo revisamos el enorme basurero azul que está en el estacionamiento, y encontramos veintitrés contenedores que podemos usar como macetas.

Recogemos unas latas, un par de botes de plástico (que alguna vez tuvieron crema agria y queso untable) y algunos cartones de leche.

Creo que nunca había visto a Dell más feliz que mientras hurgaba en el basurero.

Cuando tenemos lo necesario, vamos al cuarto de lavado para limpiar las latas y los botes.

Después Dell les hace agujeros en la base con un cuchillo, que se arruina porque no es para eso.

Pero no parece importarle.

Cuando Pattie traiga la tierra, vamos a plantar nueve tipos distintos de girasoles.

Pero algo más sucede cuando estamos preparando nuestras macetas.

Sadhu Kumar, que le renta la recámara extra a Dell, baja con tres computadoras. Dell dice:

—¿Qué haces con eso?

Sadhu las va a lanzar al gran contenedor azul.

—Van a la recicladora.

Veo las máquinas. No parecen muy viejas. Le pregunto:

—¿No puedes arreglarlas?

Sadhu hace un ruido como el de un caballo.

—Son basura. No vale la pena.

Veo las computadoras. Son dos laptop y una más grande, de escritorio. Todas son de la misma marca.

Sadhu Kumar es un tipo que vive enojado. Creo que ha sufrido muchas decepciones en su vida. Eso puede amargar a cualquiera.

Me pregunto si eso me está sucediendo a mí.

No hay nada peor que un niño amargado. Deberías dejar eso para después. Cuando eres viejo y te duele al levantarte de la silla, tienes razones para tener un rostro permanentemente fruncido.

Me digo a mí misma que puedo estar triste, incluso enojada, pero nunca cien por ciento enojada con el mundo.

Hay una diferencia.

Ahora le pregunto a Sadhu.

—¿Me las regalas?

El Sr. Agrio Amargoso me dice:

—Si quieres basura, toma la basura.

Dell Duke parece ofendido, y dice:

—La basura de una persona es el tesoro de otra.

Sadhu no parece muy complacido con ese pensamiento mientras se aleja.

Aún estamos esperando la tierra, así que Dell y yo llevamos las computadoras al #28 y de inmediato comienzo a desarmarlas.

Creo que con las tres puedo hacer una que funcione.

Veo que es posible usar la tarjeta madre de la primera y los chips y programas adicionales de las otras dos.

No sé si funcionará, pero si sí, será mi regalo para Dell.

Él todavía no lo sabe.

Estoy en la mesa de la cocina separando el cableado periférico cuando el celular de Dell comienza a ladrar.

Tiene un ladrido como tono.

No es lo que cualquier persona que tenga gatos haría.

Me perturbó un poco que, cuando estuvimos limpiando, no pude encontrar una sola cosa que indicara que Cheddar había vivido aquí.

Y estamos hablando de alguien que jamás podía tirar su basura.

He estado esperando el momento adecuado para preguntarle sobre eso. Cuando cuelga el teléfono, pregunto:

—¿Extrañas a Cheddar?

Dell parece confundido.

—¿Disculpa?

Repito:

—¿Extrañas a Cheddar?

Los ojos de Dell se entrecierran.

—¿Por la comida vietnamita de Pattie?

No contesto. Él agrega:

—Lo que extraño es el pastel de carne.

No voy a continuar.

Pattie y Mai regresan y estamos listos para comenzar.

Pattie dice que le gustaría ayudarnos, pero está probando un nuevo tipo de barniz para uñas y no sería justo para el producto llenarlo de tierra.

Me sorprende que Quang-ha baje para la siembra.

Escoge un contenedor (es de plástico y fue de un helado de fresa italiano importado).

Debo admitir que, por su forma, es el más intrigante de nuestras "macetas" de basurero. Es rectangular, pero tiene los bordes redondeados.

Quang-ha me confunde porque justo cuando estoy segura de que tiene aserrín en lugar de cerebro, da muestras de verdadera perspicacia. Escogió el contendor más lindo para su planta.

Mientras le quita las etiquetas obsesivamente al bote, Mai, Dell y yo llenamos todos los demás con tierra fresca.

Cuando por fin está listo, le doy a Quang-ha las semillas húmedas, y le digo.

—Planta tres. Equidistantes. Con una pulgada de profundidad.

Quizás no me escucha porque sólo toma una. Le digo.

—Toma tres.

Murmura:

—Sólo quiero una.

No quiero estar dándole órdenes a nadie. Especialmente a él. Digo:

—Podría fallar. Sólo van a estar en estos contenedores poco tiempo. Apenas estamos empezando.

Pero no hay manera de convencerlo. Puedo leerlo en su expresión, así que quizás se está burlando de mí cuando dice:

—Estoy poniendo todas mis esperanzas y sueños en esta semilla. Así la quiero.

Ahora Dell está mirando. Su boca se abre y creo que va a decir algo. Pero no lo hace. Mai le dice a su hermano:

—Estamos haciendo esto por Willow. No seas pesado. Quiere que plantemos tres semillas.

Quang-ha mira a Mai y luego a mí.

—Ésta es mía. No lo estoy haciendo por ella.

Dell se dirige a nosotras:

—Ustedes dos hagan lo suyo.

Se me hace un nudo en la garganta.

Y no es porque Quang-ha no me escuche, o porque Dell no apoye mi método de siembra.

Estoy conmovida porque no me tratan como si me fuera a partir en mil pedazos.

Quizás eso significa que estoy en camino de regresar a la normalidad.

Capítulo 43

❧

Me puedo concentrar de nuevo.

Aunque sea un poco.

Una rutina no tarda mucho en encontrar su lugar.

Todos nos subimos al auto de Dell cada mañana.

Dejamos a Mai y Quang-ha en la preparatoria y luego Dell nos lleva a Pattie y a mí al salón.

Casi todos los días Mai camina hasta ahí después de la escuela, y luego tomamos juntas el autobús hacia los Jardines de Glenwood.

Pattie se queda más tiempo, pero llega a casa para la cena.

Mai y yo vamos preparando cosas para la comida. Ahora Pattie no puede sólo cruzar el callejón para cocinar, y sus platillos toman mucho tiempo.

Esto significa que por la tarde estamos en la cocina, que da hacia la sala.

No puedo evitar observar a Quang-ha, y luego a Dell, cuando llega del trabajo y se sienta junto a Quang-ha a ver la televisión.

Los dos se entienden, de alguna manera.

Quizás es porque los dos están fuera de algo.

Para ellos soy invisible, salvo cuando se trata de hacer la tarea de Quang-ha.

Todo comenzó cuando lo ayudé con un problema de matemáticas.

Puedo hacer su tarea en un par de minutos, pero me tardo un poco más para que no se sienta mal.

Sé que hacerle la tarea está moralmente mal, así que le explico un par de conceptos antes de entregarle el material.

No puedo decir que sea bueno escuchando.

Su única actividad seria, además de ver televisión, es hacer dibujitos.

Dibuja personajes de caricatura con cabezas enormes.

Quang-ha tiene una cabeza un poco grande.

No estoy segura de que exista alguna conexión.

Todos los días, Dell me pregunta cuándo pienso regresar a la secundaria.

Quiero decir:

—¿Qué tal *nunca*?

Pero no lo hago.

En su lugar, suelo hacer como que no escucho o murmuro un par de sílabas indistinguibles.

Hoy, Dell añade:

—Te estás perdiendo de mucho.

No puedo evitarlo. Digo:

—Di una sola cosa.

Dell parece confundido.

Pero no es una pregunta capciosa. De verdad quiero saber.

Puedo notar que mientras cambia los canales, Quang-ha nos pone atención. Él no soporta la preparatoria. Finalmente, Dell dice:

—No tienes educación física.

Me le quedo viendo.

La barriga de Dell parece una pelota de basquetbol debajo de su camisa.

Sí, ha perdido algo de peso en este mes, pero le falta mucho antes de volverse un espécimen atlético.

Como si fuera algún tipo de psíquico, me dice:

—Yo voy a empezar a correr. Mañana es mi primer día.

Quang-ha le lanza una mirada de completa incredulidad, pero soy yo quien dice:

—¿De verdad?

Dell asiente. Digo:

—¿Estás entrenando para algo?

Dell dice:

—Me voy a unir a algunos equipos en la primavera y quiero estar en forma.

Quang-ha se está riendo ahora. No riendo. Soltando unas risitas. Es distinto. Es contenida y aguda, con un elemento de incredulidad.

Nunca había escuchado reír a Quang-ha.

Debe ser un sonido muy inusual, porque al siguiente segundo Mai está parada en el pasillo.

—¿Qué sucede?

Quang-ha quiere contestar, pero no puede. Es un desastre de risitas.

De alguna manera, esta forma de risa aguda es contagiosa porque ahora Mai se está riendo. Está mirando a su hermano, y lo que sea que esté haciendo, se está extendiendo.

Dell ha tenido suficiente.

Se levanta del sillón y va hacia la cocina.

Lo sigo.

Nos quedamos parados. Aún puedo escuchar las risitas. Digo:

—¿De verdad planeas correr?

Dell murmura algo como un sí. Y después agrega:

—Pero no me voy a unir a ningún equipo. Eso lo inventé. Sólo voy a correr por mí mismo.

Eso no me parece extraño porque prácticamente todo lo que yo hago es para mi propio aprendizaje o entretenimiento.

Creo que tener una audiencia corrompe naturalmente cualquier actuación.

Quizás me estoy justificando.

Pero digo:

—Creo que es una gran idea.

Dell dice:

—Vamos a regar los girasoles.

La tarde siguiente, Dell sí corre.

Arma todo un espectáculo. Llega vestido con algo que parece un disfraz, no un atuendo deportivo.

Logro decir:

—Buena suerte.

Pero él ya no está.

Regresa en mal estado.

Está empapado en sudor y tan rojo como se puede.

Y sólo se fue once minutos.

No llevo el cálculo del tiempo y ya no cuento, pero vi el reloj de la estufa cuando salió.

Y resultó que justo estaba mirando en esa dirección cuando volvió.

—¿Cómo te fue?

Dell está respirando muy, muy pesadamente. Levanta una mano. Es la señal internacional de *detente*.

Le doy tiempo para que recupere un ritmo de respiración más o menos regular.

Al final dice:

—Muy duro. Creo que me falta un poco de condición.

Escucho que las risas regresan desde el sillón.

Durante el fin de semana escribo un ensayo de cinco páginas sobre Mark Twain, es para Quang-ha.

Es muy resistente a algunos aspectos del aprendizaje.

Creo que comprende buena parte de lo que le enseñan, pero no tiene mucho interés en hacer el trabajo que eso involucra.

Tal vez sólo está muy cansado por sus sesiones de televisión a media noche.

No creo que Pattie se dé cuenta de que, cuando ella se duerme, él la prende de nuevo.

Se las arregló para conseguir unos audífonos, así que el sonido no sale de ahí.

Lo sé porque paso la mayor parte de la noche despierta.

Quang-ha es lo suficientemente listo como para, antes de imprimirlo, borrar el primer párrafo del ensayo sobre Mark Twain y revisar todo el archivo para poner faltas de ortografía en varias palabras.

Pero no fue suficiente porque llega a casa de muy mal humor.

Lo van a cambiar de su clase de inglés a algún tipo de programa de honores.

Eso no es mi culpa.

Capítulo 44

Pattie tenía que encontrar algo para entretener a Willow.

Era la única manera de que no se quedara mirando al espacio.

No le gustaba su expresión cuando eso sucedía.

La chica se quedaba muy quieta. Como una estatua.

O una muerta.

En el salón a veces asustaba a las clientas.

Así que Pattie le dio a Willow el contrato de arrendamiento del salón, y lo leyó. Destacó tres secciones con inconsistencias e hizo un documento para que Pattie le presentara al dueño.

Era imposible no quedar impresionado.

Cuando Pattie dijo que deseaba tener más espacio para otra manicurista, Willow hizo un plano que optimizaba el espacio del lugar al mover el mostrador principal y tres de las mesas de manicura. Esto abría espacio para una más.

Pattie puso manos a la obra de inmediato.

Y lo curioso era que se sentía menos apretado, no más, cuando colocaron a la nueva persona.

Pero la niña estaba obsesionada con las enfermedades y las infecciones.

Veía problemas que no existían y sacaba de quicio a Pattie.

Terminó por decirle a Willow que escribiera todas sus ansiedades.

Al día siguiente, cuando Willow le entregó un reporte detallado de la frecuencia de infecciones por tratamiento de manicura y pedicura, Pattie se enojó. Nunca había tenido una sola queja de ningún cliente.

Pattie evadió a la chica durante el resto del día y la envió temprano a la casa.

Pero esa noche Pattie tuvo un sueño.

Era una pesadilla grotesca en la que todos sus clientes caían de cara sobre las mesas de manicura.

A la mañana siguiente, Pattie le pidió a Willow que le explicara la información.

Sus ojos brillaron cuando Willow le habló de una nueva bacteria resistente a las medicinas, pero entendió muy bien todo.

Esa tarde, compraron un desinfectante muy fuerte para los spas de pies y manos.

Pattie hizo que las manicuristas se quedaran una hora más tarde esa noche, y Willow les hizo una presentación (en vietnamita, que era muy impresionante).

El lunes siguiente, cuando echaron a andar los cambios, Pattie dejó que Willow colgara las diez reglas de salubridad más importantes para cualquier salón de uñas.

Pattie colgó el manifiesto de Willow en la ventana principal y adoptó el eslogan que la chica le propuso:

PIONEROS DE SEGURIDAD Y SALUD
EN EL CUIDADO DE LAS UÑAS EN CALIFORNIA

Y Pattie se sorprendió cuando comenzaron a aparecer nuevos clientes.

Willow le había dicho que así sería.

Dell ya no comía pastel de carne.

Deseaba que su madre estuviera viva porque se lo quería decir. Estaba seguro de que se fue a la tumba preocupada por su adicción a los platillos repletos de carne.

¿No había descubierto una lista escrita en su agenda unas semanas antes de morir?

Decía:

1. Encontrar un par de tacones que no me lastimen los pies.

2. Cancelar el seguro de vida.

3. Hacer que Dell deje de comer tanta carne mala.

Ya había pasado una década desde que vio su lista, y ahora era un hecho.

La obsesión por la carne era cosa del pasado.

Él no cocinaba, así que no podía tomar todo el crédito por el cambio.

Pero aun así.

Había mejorado otras cosas en su vida.

Ahora tenía una computadora nueva.

Técnicamente era una computadora vieja, o al menos una máquina hecha con piezas usadas, pero era más rápida y efectiva que cualquiera de las que había tenido.

Willow se la hizo.

Cuando llevó la nueva-vieja computadora al #22 y Sadhu la vio funcionar, casi se le salen los ojos por la sorpresa.

Dell estaba orgulloso.

Después ajustó las almohadas detrás de su espalda y abrió su archivo secreto.

Era tarde y no podía dormir.

Pero no como antes, por indigestión.

No tenía televisión en su cuarto en casa de Sadhu Kumar, así que tenía que leer o trabajar.

Hizo clic y el Sistema de lo Extraño de Dell Duke apareció en la pantalla.

Necesitaba crear una nueva categoría.

Los dedos de Dell se deslizaron por el teclado y escribieron:

MUTANTE.

Código de color: azul.

Su color favorito.

A un lado de MUTANTE escribió: YO.

Dell cerró la computadora y miró al techo.

Estaba cambiando. Era capaz de hacerlo.

Se dio cuenta de que toda su vida había estado influenciado por cosas a su alrededor.

Ahora vivía con un cascarrabias de Punjab. Y cuando no estaba con él, estaba al otro lado del pasillo con los californianos vietnamitas.

Se identificaba.

Como solía ser muy autodestructivo, éste era un sentimiento muy peculiar.

Pero sabía que ahora era diferente.

Y no sólo se trataba de las cosas pequeñas.

Claro, ahora se recortaba la barba. Había elevado sus estándares de limpieza en muchas áreas.

Pero ésa no era la mutación.

Era algo más grande que eso.

Era algo interno.

Porque, la verdad, a pesar de lo frustrado y enojado que se sintió al principio, tenía que admitir que una vez que tiraron su basura y el resto de sus cosas estaban en orden, se había comenzado a sentir más fuerte.

Pattie tomó su departamento y a él lo mudó al otro lado del corredor, pero también eso tenía sus ventajas.

Porque, por primera vez, desde que podía hacer memoria, Dell pertenecía a algo.

Aunque fuera de quien todos hablaban a sus espaldas, formaba parte de un grupo.

Jugaban en el mismo equipo.

Pattie le arregló los botones a sus camisas y le ofreció una pedicura gratis (con una de las chicas en entrenamiento).

Cuando no se presentó lo regañó, lo que llevó a Dell a cortarse las uñas tan cortas que le dolían al ponerse los calcetines.

Pero después le dio loción para pies y talco para ponerse en los zapatos, lo que hacía que sus dedos de los pies olieran a lavanda o a algo dulce.

Antes de eso, sus pies olían muy mal.

Y también estaba el correr.

Eso había comenzado como una mentira. No había planeado correr a ningún lado.

Pero ahora ya llevaba dos semanas.

Todos los días, después de trabajar, regresaba al edificio. Se ponía el atuendo anaranjado que tenía desde la preparatoria. Ya casi no le quedaba, pero aún cabía en los pantalones si se los ponía un poco debajo de la cadera.

Después ponía el cronómetro de su reloj en veintidós minutos.

En sus cómics, los mutantes tenían poderes secretos.

Era posible, pensó, que él también los tuviera.

¿No se las había arreglado para cuidar a Willow junto con Pattie?

Eso era muy poderoso para alguien que ni siquiera podía mantener viva una planta.

Capítulo 45

❧

Los girasoles **están** creciendo. Plantamos semillas en veintitrés contenedores, que prácticamente se han apoderado de la cocina. Y en todos están germinando.

No hago una tabla ni mido el porcentaje de germinación porque ya no hago eso.

Pero me cruza la mente, lo que es interesante.

Dell y Mai se emocionan cuando ven los pequeños brotes verdes.

Antes de que pueda detenerlo, Dell se pone muy meloso y los riega todos demasiado.

Quang-ha actúa como si no le importara, aunque su semilla solitaria brotó y es más grande que las demás.

Encuentro un dibujo de la planta en un trozo de papel, cerca de la televisión.

Es muy preciso, así que Quang-ha debió acercarse mucho y mirar muy bien su planta.

En su dibujo, la planta está creciendo en la coronilla de la cabeza enorme de un hombre.

No estoy segura de por qué me agrada tanto. Digo:

—Quang-ha, ¿me puedo quedar este dibujo?

Sus ojos no abandonan la televisión. Hace un ruido, que sólo puedo describir como un tipo de gruñido.

—¿Eso es un sí?

Mueve su mano en mi dirección.

Creo que es un gesto positivo, porque no hay ningún dedo involucrado.

Pongo el dibujo del hombre con el cerebro germinal en mi cuarto, en la pared, donde puedo verlo cuando me volteo en la cama.

Mai está muy contenta de que haya puesto algo, aunque sea un dibujo hecho por su hermano.

Ella ha estado decorando desde el primer día.

Las *Helianthus annus* están bien, por ahora, en sus contenedores, pero necesitan ser trasplantadas.

Quang-ha escucha que me refiero a los girasoles de esta manera y se ríe.

Los chicos adolescentes son fáciles de entretener.

Pero muy pronto las *H. annus* necesitarán más espacio.

No quiero hablar de traslados. Es muy incómodo.

Mi trabajadora social dice que se están esforzando mucho para encontrar unos padres adoptivos para mí.

He tenido tres visitas de revisión.

Y las tres salieron bien porque todos vivimos, ahora sí, en los Jardines de Glenwood.

Al menos por ahora.

Estoy aquí temporalmente, pero cada día me da más tiempo para ajustarme a mi realidad.

Así que debo estar agradecida.

En eso estoy trabajando.

Dell llega a cenar y comemos *bún riêu* y *bánh cuõn*. Creo que Dell comienza a desarrollar un verdadero gusto por la comida, porque se sirve dos porciones de bolas de arroz.

Me las arreglo para terminarme la comida, y cuando parece que es un buen momento digo:

—Quiero agradecerles a todos por lo que han hecho por mí.

Nadie contesta.

Es como si hubiera tomado un pescado podrido y lo hubiera puesto sobre la mesa. Mis palabras tienen olor.

Todos pasan de la incomodidad a la vergüenza. Quang-ha sólo se levanta, toma su plato y deja la mesa.

Sé que al principio él no fue uno de mis simpatizantes.

Pero no se dan cuenta de la diferencia que han hecho en mí.

O quizás sí lo saben pero se lo están guardando.

❧

Me voy a dormir temprano pero me despierto cada hora.

En la mañana pienso que me he perjudicado en términos de actividad física.

Esto es otra manera de decir que, ya que nadie cree que estar sin movimiento durante horas es algún tipo de deporte, estoy discapacitada, atléticamente hablando.

Creo que la exposición a algo nuevo inevitablemente genera interés, incluso si crees que estás en tu propio planeta.

Dell llega por la tarde de su rutina de ejercicio y está rojo y sudoroso.

Está exhausto, pero se ve vivo.

Así que tomo un gran paso. Digo:

—Estoy pensando en correr.

Quang-ha me escucha y su risita extraña regresa. No lo veo. Miro a Dell, quien dice:

—¿De verdad?

Continúo:

—Me refiero a que quiero comenzar a entrenar. Y esperaba que pudieras ayudarme.

Ahora Quang-ha se está riendo de verdad, y ya no intenta esconderlo.

Pero Mai sale de nuestro cuarto. Le lanza una dura mirada a Quang-ha y dice:

—Yo también.

Y, con eso, comienza nuestra educación deportiva.

Necesito calzado deportivo.

Sólo uso botas, y no puedes correr con ellas. Mai ya tiene unos tenis porque los usa en su clase de deportes.

Al día siguiente, las dos vamos al Ejército de Salvación.

Se dirige a tres estantes con zapatos usados y luego desaparece para ver un impermeable.

No llueve mucho por aquí, pero a Mai le gusta mucho la moda y ha visto un impermeable de diseñador.

Yo reviso los estantes y me sorprendo al encontrar un par de tenis para correr que me quedan bien.

La Antigua Yo se habría obsesionado con la posibilidad de contraer alguna enfermedad.

La Nueva Yo ya fue una paciente de hospital y aprendió mucho de esa experiencia.

Así que mi única objeción es que los tenis son rosas con agujetas moradas.

Cuando me los pongo me siento como un flamenco.

Con la excepción del color rojo, sólo uso colores cálidos para mezclarme con el medio ambiente. Es importante para la observación.

Pero no me puedo quejar, así que sonrío con la boca cerrada y digo que mis tenis de flamenco están increíbles.

No suelo usar palabras como *increíble*, así que Mai entiende que algo me sucede.

Pero no dice nada.

Nuestro primer día de correr es mañana.

Cuando llego a casa, trabajo con Quang-ha en su clase de biología.

Le doy un documento de una página con un resumen de lo que debería saber para su próximo examen. Intento algunos trucos para ayudarle a recordar cosas.

Creo que es posible que tenga una habilidad natural para la enseñanza.

No estoy presumiendo.

Sólo estoy presentando los hechos.

Él comienza a manifestar cierto grado de comprensión.

Intentó esconderme un examen sorpresa, pero lo encontré en su cuaderno.

Sacó 91/100. El maestro escribió una nota en la parte de arriba:

¡Tu nuevo esfuerzo está dando frutos!

Estoy segura de que lo último que quiere Quang-ha es ser algún tipo de biólogo, pero es bueno ver que no lo han mandado a la oficina del director por amenazar a la gente con quemarla con el equipo del laboratorio.

Todo esto me lleva a mi propio crecimiento.

Entro a internet y diseño un plan para correr. Se lo muestro a Mai, quien parece estar interesada.

Dice que iremos en cuanto llegue Dell, porque quiere ir con nosotras.

Hice un recorrido de tres kilómetros que llega ocho cuadras al sur de los Jardines de Glenwood.

Después tres cuadras al poniente.

Después ocho cuadras al norte.

Y tres cuadras al oriente.

En el mapa no parece mucho.

Tengo suerte de seguir viva.

Después de dos cuadras, me da un dolor en el costado izquierdo que se siente como si me hubieran clavado un cuchillo debajo de mi costilla 7 (las costillas no tienen nombres, así que hay que referirse a ellas con números del uno al doce, izquierda, derecha).

Mis piernas —o más específicamente, mis pantorrillas— tiemblan y, por alguna razón, he perdido toda mi fuerza.

Mi tobillo se paraliza.

El aire a mi alrededor se vuelve espeso.

Experimento tantos malestares —pulso elevado, presión alta, boca seca, choque pulmonar, espasmos musculares— que me es imposible siquiera hacer un relato de mi descomposición corporal.

La espantosa verdad es que ni siquiera puedo trotar las ocho cuadras hacia el sur (que es la primera parte del trayecto).

En la sexta cuadra me tropiezo.

Siento como si fuera a perder la conciencia (y no hay ninguna mesa con forma de elefante para detener mi caída).

Mai pone su mano sobre mi brazo y dice:

—Tranquila. Sólo respira, Willow.

Sé que es una locura, pero mientras intento controlar mi patrón de sibilancias, algo sucede.

Paso de estar mareada a sentirme agradecida por el regalo de la vida.

Debe ser algún fenómeno de la presión arterial.

Dell y Mai caminan conmigo de regreso a los Jardines de Glenwood.

Quiero que alguno me diga que mejoraré en esto. Pero no lo hacen.

Mientras entramos al edificio, digo:

—Mañana lo intentaré de nuevo.

Veo que Mai y Dell intercambian miradas de preocupación.

En ese instante decido que voy a ejercitarme (si el tiempo lo permite) cada tarde durante el resto de mi vida.

Quizás soy más competitiva de lo que pensaba.

Estoy muy adolorida por correr cada día de esta semana.

Con excepción del cuarto día, cuando sufrí un contratiempo y tuve que caminar más de un kilómetro, casi de rodillas, sé que he progresado.

Pero creo que es justo decir que nunca seré muy buena corriendo.

Y aquí va una verdad aún más grande. De ninguna manera soy buena para mover el cuerpo.

Es en este momento de claridad que entiendo que nunca he bailado.

Sé que me vi obligada a hacer algunos pasos de baile tradicional con música en el cuarto grado, pero ahora me doy cuenta de qué tan trágicamente descoordinada era incluso ahí.

Es curioso cómo pude bloquear esa experiencia.

Para transitar exitosamente de los doce años hacia la adolescencia, ¿tendré que poder mover mis caderas con ritmo?

Sudo sólo de pensar en ello.

Por eso es importante correr.

Creo que el *esfuerzo* puesto en materia de ejercicio físico es más importante que el resultado.

Y no lo estoy diciendo sólo porque en el pasado me lo dijeron algunos maestros de gimnasia.

Una nueva realidad está surgiendo.

Me gustan mis tenis de flamenco.

Así que quizás el rechinante movimiento del correr está nublando mi juicio.

Aunque mi rutina de ejercicio sólo me toma dieciséis minutos, descubro que pienso en ella cuando no la estoy haciendo.

Sé que el ejercicio vigoroso modifica la química cerebral.

En mi situación actual, no podría pedir nada más.

Capítulo 46

❦

Me dirijo hacia el cuarto de lavado cuando veo debajo de la piedra volcánica en el patio.

Hago a un lado una pequeña porción del montón de rocas sorprendentemente sucias y quito un pedazo del protector de plástico.

Como lo sospeché (por la apariencia de las hierbas), hay tierra ahí abajo.

Por un momento me imagino quitando todas las rocas y haciendo un pequeño estanque para sembrar lirios acuáticos y flores cenagosas.

Plantaría bambú en el extremo norte para que creciera y le diera sombra al techo.

Veo enredaderas y plantas frondosas juntas, y el aire se llena del aroma de la vida.

Pero en un instante esa visión se va.

Quedo enfrente de la roca y los cardos.

Un pedazo de plástico negro cerca del conducto del aire acondicionado se agita en dirección mía, como una bandera negra.

Subo y reporto mi descubrimiento.

Dell está en el sillón con Quang-ha. Mai está leyendo un libro en su cama. Pattie está en el salón. Digo:

—Tengo una idea. Quiero plantar los girasoles aquí abajo.

Mai está escuchando, porque grita desde el cuarto:

—¿Abajo en dónde?

Continúo:

—Podemos quitar las rocas volcánicas. Hay tierra debajo de ellas. Ya revisé. Imagínenselo... un patio con girasoles.

Dell se muestra preocupado de inmediato.

—De ninguna manera. No vamos a quitar nada. Este lugar es propiedad del banco.

Mai llega a la sala.

—Las piedras son bastante asquerosas.

Quang-ha sube el volumen de la televisión.

Dell tiene que hablar más fuerte.

—Nadie va a tocar las piedras rojas.

Yo digo:

—Tal vez sólo una parte.

Quang-ha, a pesar de su falta de interés, dice:

—Mi girasol está más grande que los demás. Tiene que ir al suelo.

Dell mueve los brazos.

—Nada va a ningún lado. Se pueden quedar en donde están y ser enanos. O lo que sea que les suceda a las cosas sin mucho espacio.

A Mai no le gusta cómo suena eso.

—En mi programa para chicos "en riesgo" tuvimos una sesión entera sobre pedir permiso para proyectos comunitarios.

Dell le lanza una mirada enloquecida.

—Esto no es un proyecto comunitario.

Mai contesta:

—Claro que lo es.

Dell cambia su argumento con:

—Estoy muy ocupado como para pedirle permiso a alguien para cualquier cosa.

Sólo está sentado en el sillón con Quang-ha y ninguno de los dos parece estar haciendo mucho. Nunca.

Yo digo.

—Yo tomaré la iniciativa. Puedo obtener el permiso del banco.

Parece una amenaza. Pero no era mi intención.

—¿Cómo vas a hacer eso?

Le mando a Jairo, de Mexicano Taxi, un correo y me contesta de inmediato.

Me recogerá en el salón y me llevará al ayuntamiento de Bakersfield mañana a las diez de la mañana.

Su mensaje dice que tiene noticias. Ha estado esperando que lo busque.

En la mañana, espero a Jairo en la puerta del salón. Suelo estar en la parte trasera, así que tan sólo estar aquí hace que el día sea distinto.

Pattie dice:

—Estoy feliz de que tengas un proyecto.

Asiento con la cabeza.

Siempre está intentando que regrese a la escuela, sin hacer que parezca que sólo quiere sacarme de aquí.

Hay una línea muy delgada entre animar a alguien y decirle que se largue.

Lo entiendo.

No le digo que la idea de salir del salón para ir a otra parte me marea un poco.

Por ahora no soy buena para los cambios. Ni siquiera puedo hacer variaciones en mi ruta de correr.

Ayer, Mai sugirió que trotáramos en sentido contrario.

Se siente como la idea más radical del mundo.

No me puedo arriesgar a ir en la dirección incorrecta.

Jairo sale del taxi y entra para que Pattie pueda conocerlo.

No le gusta que me vaya en un auto con un extraño. Le explico que a estas alturas él y yo ya no somos extraños, pero entiendo su preocupación.

Veo que Jairo tiene puesta una camiseta de la Universidad de Bakersfield.

Me alegro mucho.

No sabía que Pattie hablaba español, pero de inmediato comienzan a hablar en ese idioma.

Yo hablo español, así que entiendo lo que dice:

—La niña ha pasado por mucho.

Jairo le dice:

—La chica ha cambiado mi vida.

Pattie asiente, pero no dice nada más. Después le da su número de celular a Jairo y le pide que le llame si hay algún problema.

Esto me parece extraño porque debería de ser yo quien llamara para reportar cualquier problema, no él.

Pero yo miro por la ventana y los dejo tener su momento.

O lo que sea que están haciendo.

Me doy cuenta de que Jairo es la primera persona que he visto hablando con Pattie sin que ella intente darle órdenes.

Interesante.

En el auto, mientras vamos hacia el ayuntamiento, Jairo me pregunta:

—¿Viste mi foto en las noticias?

No he puesto atención a ningún tipo de noticias en los últimos meses.

—No, lo siento. ¿Todo bien?

Jairo está muy emocionado. Casi ansioso. Espero que esté poniendo atención al tráfico. Dice:

—Me gané veinte mil dólares. Los voy a usar para ir a la universidad.

Tomo un respiro. Éstas *son* noticias.

Habla sin parar durante el resto del camino sobre cómo soy su ángel, y debo admitir que para cuando me bajo del taxi en el ayuntamiento, me siento muy bien por su vida.

Jairo dice que me esperará afuera, y le explico que podría ser un procedimiento largo.

Finalmente cede cuando prometo llamarlo.

No quiero decirle que yo no soy su ángel.

No soy el ángel de nadie.

Pero sí le digo que creo que será un excelente técnico médico. Es un campo que se expande a cada minuto.

Jairo quiere llamar a Pattie y decirle que llegué sin contratiempos.

No creo que sea necesario, pero le digo:

—Sí, estoy seguro de que espera tu llamada.

No pensé que esto lo haría sonreír, pero así es.

El ayuntamiento se ve interesante desde afuera.

Siempre encuentro la arquitectura pública muy estimulante.

Entro y voy al escritorio de información, y espero a que la mujer que atiende cuelgue el teléfono. Por fin lo hace y comienzo mi cruzada.

—Me gustaría revisar los expedientes que tiene el ayuntamiento sobre proyectos en edificios.

Mi petición me parece muy sencilla, pero obviamente la mujer no comparte mi opinión. Dice:

—¿Disculpa?

Repito:

—Me gustaría revisar los expedientes que tiene el ayuntamiento sobre proyectos en edificios.

La mujer aún parece confundida. Dice:

—¿Cuántos años tienes?

Contesto:

—Doce.

Puedo ver que estoy a punto de ser víctima de discriminación por edad. A esta mujer le gusta la repetición:

—¿Doce?

Repito:

—Doce.

Dice:

—¿Por qué no estás en la escuela?

Tengo una respuesta, aunque no sea del todo cierta:

—De momento recibo educación en casa.

Quiero añadir que estoy obteniendo una educación sobre la burocracia cada vez que abre la boca, pero mejor digo:

—Me interesa saber cómo es una presentación de ese trámite, y entiendo que este tipo de cosas son parte del dominio público.

La mujer permanece en actitud suspicaz. Y no muy cortés. Abre la boca para decir, esta vez:

—¿Dónde están tus padres?

Todo se detiene. Sólo miro. Mis ojos comienzan a llenarse de lágrimas y escucho una voz dentro de mí.

Lo repito en voz alta, diciéndolo para el mundo, que la incluye a ella:

—"Un mundo perdido,

un mundo insospechado

llama a nuevos lugares

y ninguna blancura (perdida) es tan blanca

como la memoria de la blancura."

Y luego digo:

—William Carlos Williams, "El descenso".

No explico cuánto me gusta este poema que, creo, es sobre el envejecimiento, no sobre la muerte. Pero de inmediato me envía a la Oficina de Construcción y Seguridad.

Termino hablando con un montón de gente.

Al final, me presentan a un hombre con la oreja derecha enorme y la izquierda casi inexistente.

Es sólo una protuberancia, de verdad.

El hombre tiene una cicatriz en el cuello, del lado de la protuberancia.

No parece luchador, así que supongo que sufrió un accidente.

Se han hecho crecer orejas humanas en la espalda de ratas, que luego son trasplantadas a cabezas humanas.

Obviamente no saco esto a colación.

Pero me gustaría.

El hombre con el problema en la oreja va a la parte trasera y regresa con un libro lleno de notas de las audiencias.

Durante un segundo la conexión me parece interesante. Está a cargo de las *audiencias*, y algo le sucedió a la parte externa de lo que utiliza para oír.

Pero no me obsesiono.

El hombre me mira con mucha intensidad mientras hojeo los documentos.

El jardín en el centro de nuestro complejo habitacional no necesita la aprobación de oficiales electos para ser transformada, pero quiero que cualquier cosa que lleve al banco parezca muy profesional.

Paso buena parte de los siguientes dos días escribiendo una propuesta para un jardín interior en nuestro edificio.

Incluyo dibujos (hechos por Quang-ha bajo mi dirección, a cambio de fichas de biología).

Incluyo investigación sobre el clima en nuestra zona, las plantas idóneas para sembrar aquí, y un estudio sobre los beneficios de las áreas verdes en espacios de vivienda.

También incluyo el permiso de construcción de los Jardines de Glenwood para mostrar que el espacio interior tiene el drenaje adecuado, y que en el plano original no mostraban rocas sino plantas.

Es mi primer proyecto después de Antes.

Luego de dos días, tengo todo un cuaderno para entregarle al banco.

Creo que quizás incluí demasiada información.

Eso puede ser un error, tanto como muy poca información.

Pero ya no puedo detenerme en recopilar más y más material.

Estoy haciendo la petición a nombre de Dell, porque el contrato está a su nombre, y también porque recibir este tipo de proyectos tan detallados de un niño podría levantar cierta alarma.

Le doy a Dell la carpeta negra.

—Aquí está. Creo que debes ir al Banco Norte Sur, preguntar por el conserje, presentarte y dejarle esto.

Dell está callado mientras abre el cuaderno y comienza a verlo. No le toma mucho tiempo decir:

—No puedo hacer esto.

Cierra la carpeta e intenta regresármela.

Dell Duke no es una mala persona. Sólo es *malo* siendo una persona.

Y tiene problemas con la autoridad.

O al menos se intimida mucho ante quien tiene alguna. Yo digo.

—No estamos pidiendo dinero. Sólo estamos pidiendo permiso para quitar algo feo y transformarlo en un espacio comunitario. Sería una mejora.

Apenas he dicho esas palabras cuando Mai entra al departamento. Ha estado en casa de su amiga Kalina.

—¿Qué sucede?

Miro a Dell y luego a ella.

—Hice una propuesta y Dell tiene que llevarla al banco.

Mai tiene un poder sobrehumano sobre las personas. Sólo necesita una palabra.

—Dell...

Él cambia de dirección como el viento durante una tormenta de arena.

—Lo dejaré mañana durante mi hora de comida. ¿Está bien?

Asentimos.

Desde el sillón, Quang-ha dice:

—Yo hice los dibujos.

El proyecto de jardín ha comenzado.

Al menos en papel.

Capítulo 47

～⁀）

Ya hay nueva fecha para ir a la corte.

Pattie sostuvo el documento en sus manos.

El sistema era responsable de los niños hasta el día en que cumplieran dieciocho años. Así que Willow Chance tenía seis años para navegar estas aguas.

Pattie recordó la nota que Willow escribió el primer día que conoció a la trabajadora social.

No podía imaginarse a otro niño que fuera capaz de presentar algo tan preciso.

Willow tenía un cerebro de alto funcionamiento. Eso quedaba claro.

¿Y qué podía hacer el mundo con una chica de doce años sin familia ni una red de amigos cercanos? ¿Cuáles eran las opciones?

En el gran sobre que la trabajadora social envió, Pattie encontró un folleto de la nueva Feria de Adopción organizada por el Estado.

Por lo que podía ver, el proceso funcionaba como las citas a ciegas.

Las ferias se llevaban a cabo en un parque. Los posibles padres adoptivos llegaban y se juntaban con las hordas de niños que llegaban con los trabajadores sociales.

Se servían hot-dogs y hamburguesas. Se organizaba un juego de softball. La idea era mantener todo muy natural y permitir que las personas se conocieran.

De acuerdo con las estadísticas, en la última página del folleto, se formaban muchas empatías. Y, claro, algunas funcionaban.

Pattie estaba segura de que los niños pequeños, especialmente los más bonitos, se llevaban toda la atención, pues eran los que aparecían en el folleto.

Los más grandes, incluso los más extrovertidos que intentaban venderse a sí mismos, sin duda terminaban como las serpientes en el zoológico. La gente tomaba su distancia.

Era difícil imaginar a Willow Chance en un escenario así. Pero quizás desafiaría las probabilidades.

¿No es lo que había hecho toda su vida?

A Mai le gustaba ir de compras. Así que incluso el viaje semanal de su madre al mercado de productores le presentaba una oportunidad para buscar cosas.

Pattie siempre le compraba patas de pollo al hombre que vendía huevos orgánicos. Usaba las horribles patas amarillas para hacer una sopa que Mai admitía era deliciosa, pero que sabía mejor si no veías los ingredientes.

Mientras su madre compraba todo lo que tenía anotado en su lista, Mai vagaba por los pasillos del estacionamiento vuelto mercado, mirando la miel orgánica y los nabos morados.

Willow decía que solía sembrar en su propio patio todo lo que ahí vendían.

Mai miraba las lechugas y las papas y las cebollas y la col morada.

No parecía posible.

Pero Willow no mentía.

Nunca.

Al final del último pasillo había un hombre tocando un banjo. Mai se acercó para escucharlo.

El sol brillaba, pero no hacía el calor severo del verano o la primavera. El aire aún estaba fresco.

Mai se sentó en una banca y escuchó.

No podía evitar imaginarse las notas de las cuerdas tocando para unos pollos bailarines.

Y en su ensoñación, los pollos no tenían patas.

Mai se levantó.

Comenzó a sentir una sensación de pánico mientras buscaba a su madre en todas direcciones.

No era sólo la idea de las aves sin patas lo que la inquietaba; ahora veía girasoles en pequeños contenedores a la venta por todas partes.

No los había notado antes.

Cada planta tenía su propia posibilidad.

Willow le dijo que si no llevaban sus pequeñas plantas al suelo, pronto se atrofiarían.

Dijo que necesitaban que su raíz profunda creciera para alcanzar su verdadero potencial.

¿No nos pasa lo mismo a todos?, pensó Mai mientras corría hacia su madre.

¿No nos pasa lo mismo a todos?

Capítulo 48

❧

Grandes noticias.

Mi carpeta funcionó y el banco le dio permiso a Dell para la transformación.

Pero la carta (que es del vicepresidente del banco) tiene información adicional, además del permiso legal para quitar el montón de rocas.

Alguien en el banco está interesado, porque, como dice la carta:

Tomar la iniciativa de mejorar la propiedad como arrendador muestra un compromiso con los valores que apreciamos en el Banco Norte Sur.

Nunca, en la historia del banco, habíamos recibido una propuesta tan detallada.

Así que, Sr. Duke, además de otorgarle el permiso para hacer un jardín en la parte central, hemos tomado la decisión

de pedirle que sea el Representante del
Edificio para los Jardines de Glenwood.

No creo que alguien le haya pedido a Dell ser representante de nada antes.

Parece como si se hubiera ganado la lotería.

Es una extraña combinación de estar muy emocionado y profundamente asustado.

Ahora me pregunto sobre sus padres.

Quizás, de bebé, estuvo encerrado en un ático con
clima frío durante grandes periodos.

Parece como si acabara de salir de ahí.

Mientras lee la carta por sexta ocasión, me doy
cuenta de que está llorando.

Le aseguro que ser el representante del edificio es
un gran honor, y que lo tiene bien merecido.

Al minuto siguiente, está en el estacionamiento
poniendo un letrero en el mejor lugar.

Dice:

RESERVADO PARA EL REPRESENTANTE DEL EDIFICIO
DELL DUKE: DEPARTAMENTO 28

Creo que simplemente no comprende lo que significa ser servicial.

Ahora que tenemos permiso, podemos ejecutar nuestro plan.

Es sábado y todos estamos aquí, excepto Pattie, que tiene muchos clientes durante los fines de semana.

Le pregunto a Quang-ha cómo sugiere que movamos las rocas. Creo que, en secreto, quiere estar involucrado en todo esto.

Pero no está ni remotamente interesado.

Sin embargo, al parecer aprendió algo en *Tom Sawyer*, aun cuando no lo leyó ni escribió el ensayo sobre Mark Twain.

Sólo dice:

—Regala las piedras. La gente ama las cosas gratis.

Y me parece atinado.

Voy con Dell a discutir la idea. Sadhu está en la sala.

Es mucho más amable conmigo desde que le hice su computadora a Dell. Incluso pide mi opinión para un par de cosas técnicas.

Y me presta su soldadora de quince watts.

Cuando le explico a Dell que mi plan es regalar las rocas, Sadhu dice:

—Súbelas a internet. Se irán como pan caliente.

Así que subo una oferta de rocas volcánicas rojas gratuitas.

Digo que si puedes cargarlas, puedes llevarlas.

Siete minutos después, obtengo la primera respuesta.

Quang-ha tenía razón.

La idea de algo a cambio de nada es atractiva de una manera visceral.

Incluso si las cosas gratis nunca son gratis.

La responsabilidad de la propiedad significa que todo tiene un precio.

Creo que por eso las personas ricas y famosas parecen muy disminuidas y tristes en las fotos.

Saben que deben mantenerse en guardia. Tienen cosas que otras personas quieren.

También dije que las rocas son para el primero que llegue.

Antes de enterarme de qué está pasando, hay cuatro personas peleándose por las rocas.

Los entusiastas de las rocas volcánicas me asustan.

Ya que Dell es el representante del edificio, hago que baje y se encargue de eso.

No tengo idea de lo que dice, pero Mai y yo escuchamos toda clase de gritos.

Lo importante es que en dos horas toda la roca se ha ido, así como la sábana de plástico negro.

También dije que era gratis.

Todos bajamos (incluso Quang-ha) y vemos la tierra expuesta.

Sólo queda la tierra. Ni siquiera es café. Es gris, polvorienta.

Tal vez los de la construcción botaron ahí un par de costales de cemento.

Creo que todos pensamos lo mismo, pero Quang-ha siempre es el que le da voz a los silenciosos.

Dice:

—Nada va a crecer aquí.

Pattie acaba de llegar del trabajo y se ve más cansada de lo normal. Se para junto a nosotros y observa el gran rectángulo de nada. Al final dice:

—Se ve más grande cuando no está cubierto de rocas.

Dell dice:

—Y un proyecto más grande de lo que pensábamos.

Pattie suspira y mira hacia el cielo.

—Como casi todas las cosas.

No quiero sentirme mal, pero es posible que estén hablando de mí, no de la fea área expuesta en el centro del patio.

Mai pone su mano sobre mi hombro y dice:

—Vamos a comer. Todo se ve mejor a la luz del día.

Bajo el sol se ve aún peor.

Bajo temprano y somos sólo yo y la tierra, que ahora me doy cuenta que tiene una cubierta grumosa, como si alguien le hubiera rociado moronas de galletas grises con sal de mar.

Incluso si convenciera a todos los habitantes del edificio para ayudar, no creo que pudiéramos lograrlo.

Además, sólo he visto a un par de otros vecinos. Y no parecen el tipo de personas que querrían usar un pico.

La tierra regular es una mezcla extraña de todo, desde fragmentos de roca a agua, aire, insectos e incluso bacterias y hongos.

Todo es necesario.

Recuerdo la primera vez que vi bajo el microscopio un puño de la tierra de mi jardín.

Era sorprendente.

Ahora, mientras veo este espacio abierto, sé lo que hay que hacer.

El arado profundo no es una buena idea, a menos que te enfrentes a un suelo como el que tenemos aquí, en los Jardines de Glenwood.

Y esta situación requiere de maquinaria pesada.

Tenemos que rentar un rototaladro.

No lo puedo hacer yo misma por varias razones, entre las que destaca que tienes que ser mayor de edad para operarlo legalmente.

Subo y, cuando Mai despierta, le explico la situación.

No parece entender nada de lo que estoy diciendo, incluso cuando le explico que un rototaladro es una máquina con navajas muy afiladas que cortan el suelo mecánicamente.

Pero algo entiende, porque dice:

—¿Así que necesitamos un adulto, una tarjeta de crédito y un auto?

Dell no quiere saber nada de esto.

Mai ha hablado mucho, pero es el residente del departamento #11 el que hace la diferencia.

Un tipo llamado Otto Sayas —yo daría cualquier cosa por tener un nombre que fuera un palíndromo— toca la puerta.

Quiere saber qué pasa con el "gran agujero de tierra en el patio".

Otto Sayas no se ve muy contento, porque su departamento da directamente al sitio del futuro jardín.

Por su actitud, adivino que no tenía ningún problema con el montón de rocas y hierbas.

Dell tiene que hablar con él porque es el representante del edificio.

—Todo será plantado. Ya verás. Estamos a la mitad del proyecto.

Veo a Otto Sayas y aún está gruñendo. Ladra:

—Nada va a crecer ahí.

Después ocurre la magia, porque Dell parece hacerse más grande y dice:

—Sólo espera y verás.

Capítulo 49

Un rototaladro es como un martillo eléctrico. Y ahora tenemos uno.

El domingo Quang-ha no nos acompaña a rentarlo, porque va a jugar boliche.

No tenía idea de que jugara boliche.

Pero tal vez así es con el boliche. Lo haces y luego lo olvidas.

Creo que Dell hubiera preferido ir a jugar boliche que al sitio de renta.

Pero aceptó hacer esto.

Operar la máquina que rentamos requiere de mucha fuerza en la parte superior del cuerpo, especialmente cuando está atacando el suelo.

Así que sólo Dell puede usarla.

Dell tiene el cuerpo un poco blando, y su gran estómago vibra como si lo hubieran puesto en una lata para ser agitada en una de esas máquinas mezcladoras que tienen en las tiendas de pintura.

Pero la buena noticia es que el suelo sólido en verdad queda pulverizado.

La mala es que a Dell le va a doler caminar durante toda una semana.

❧

Investigo el nuevo suelo.

En la cena, comparto las buenas noticias:

—Probé la tierra. Y es neutral. Su pH es perfecto: 7.

Mai, Pattie y Dell quitan la mirada de sus platos. Quang-ha sigue llevándose el tenedor a la boca.

Las plantas, como las personas, se desarrollan cuando hay equilibrio.

Así que cuando el suelo es muy ácido, que se puede pensar como muy amargo, debes disminuir el nivel de pH.

Se puede hacer agregando cal.

Cuando el suelo es muy alcalino, que se puede pensar como muy dulce, debes agregar azufre.

Explico todo esto, pero puedo ver que no es muy enriquecedor para las personas con las que vivo.

Dell dice:

—¿Probaste el suelo para averiguarlo?

No sé si Dell lo dice de broma o no, pero Quang-ha se ríe.

Me doy cuenta de que cuando se ríe es un alivio.

Es como una presa reventando.

Pattie dice:

—Qué bueno, Willow.

Después Quang-ha balbucea:

—Lo que en realidad está midiendo son iones de hidrógeno.

Parece tan sorprendido como yo de su dicho. Le pone más salsa picante a su puerco, se siente culpable, como si aprender algo en la clase de ciencias fuera un crimen.

Silencio en la mesa.

Después, Mai dice:

—Y el 7 es tu número favorito, Willow.

No explico que ya no cuento de 7 en 7, pero aún aprecio la belleza de ese número.

Creo que mañana todos se involucrarán más, cuando comencemos a plantar.

Y descubro que yo estoy de verdad emocionada por comenzar.

Había un factor X.

Una influencia invisible o desconocida.

Nos fuimos a dormir con un gran rectángulo de tierra recién taladrada y perfectamente balanceada en el patio de donde vivimos.

Era una belleza.

Al menos para mí.

Pero un viento de Santa Ana llegó justo en la noche. Así sucede aquí.

En ciertas condiciones, una corriente de aire seco se lanza desde las montañas hasta la orilla del mar.

Nunca había visto tanta suciedad.

Las paredes y ventanas de los departamentos del primer piso están cubiertas por una capa de tierra.

Voy abajo y miro fijamente.

Es como si un tornado de mugre hubiera azotado el lugar.

Cuando se lo muestro a Dell, cojea hacia el estacionamiento y quita su letrero de representante. No quiere que nadie sepa en dónde vive.

Dell está tan adolorido por su experiencia con el rototaladro que apenas puede moverse.

O tal vez sólo está así por la preocupación por el incidente de la tierra.

Se envuelve en una sábana, se acuesta en el suelo de su departamento, y cierra los ojos. Parece una momia.

Le tomaría una foto, pero decido que no sería apropiado.

Mai tiene un plan.

Pone un gran letrero abajo. Dice:

CONSTRUCCIÓN EN PROCESO

DISCULPE LAS MOLESTIAS

Siento que deberíamos avisarle a Dell lo que estamos haciendo, pero Mai me dice que lo deje en paz.

Mai le pide a su madre que nos lleve a dejar el rototaladro en el auto de Dell, y ahora rentamos un rociador.

Mai y Dell tienen acercamientos distintos a todo en la vida.

Mai es muy pragmática. Quizás lo heredó de su madre.

Los rociadores son poderosos.

Nunca había estado cerca de uno hasta ahora, así que esto es bastante nuevo para mí.

Regresamos a los Jardines de Glenwood y Mai sube a ponerse su nuevo (usado) impermeable.

Compró esa prenda de diseñador cuando yo compré mis tenis para correr, y pensé que era una pérdida de dinero.

Ahora desearía tener uno.

Quang-ha baja justo cuando estamos por empezar.

Tal vez está interesado porque la máquina parece una ametralladora.

Quang-ha quiere intentar el rociado a presión.

Enciende el motor y es como si sostuviera una Uzi. Para controlar la potencia del agua se necesita mucha fuerza.

Un río de mugre cae de las paredes.

Veo, a la distancia, y me toma algún tiempo darme cuenta de que algo más está pasando además de la limpieza.

También se está cayendo la pintura rosa debajo de la tierra.

Así como el recubrimiento de estuco.

Todo esto está demostrando la teoría de la conectividad.

No matemáticamente hablando, sino de una manera real.

Al quitar las rocas volcánicas y el forro negro expusimos la tierra compactada.

Una vez que eso fue pulverizado y el viento voló una porción de ella hacia las paredes, trajimos el rociador a presión, y eso comenzó a quitar la pintura color rosa y la mugre.

Debajo hay un suave y natural color gris.

Pero ahora tenemos que rociar el lugar entero para que combine.

O repintar el edificio.

Conectividad.

Una cosa lleva a la otra.

A menudo de maneras extrañas.

Capítulo 50

Nos rotamos.
Si el rociador está en el nivel más bajo, incluso yo puedo manejarlo.

Quang-ha hace una enorme sección, pretendiendo, me parece, que está en un videojuego.

Tomo mi turno, pero mi productividad es terrible.

Me cuesta tanto trabajo controlar la manguera que apenas y me puedo mover.

Soy la más pequeña, pero doy todo lo que tengo.

Estoy segura de que si no hubiera hecho mi rutina de ejercicio no habría durado ni un minuto.

Debemos ser muy cuidadosos porque el agua sucia corre por las ventanas. Así que después de limpiar un área tenemos que lavar el vidrio, pero no podemos hacer eso con el rociador.

Todos estamos trabajando, incluso Dell, cuando el taxi de Jairo se estaciona.

Lo veo hablando con Pattie durante un rato en la acera.

De alguna manera, no parece extraño que su asiento trasero esté lleno de trapos y esponjas.

Jairo encuentra una escalera en el estacionamiento y se encarga de las ventanas.

Ha oscurecido y seguimos trabajando.

Ni siquiera Quang-ha se ha rendido.

Hacemos turnos para sentarnos en cajas de plástico y apuntar con lámparas hacia el edificio.

Un hombre sale y creemos que nos va a gritar. Pero es amigable y nos regala a todos un dulce de menta. Incluso dona una nochebuena para el jardín. La ha tenido durante casi un año y no puede creer que siga viva.

Ya terminamos las paredes interiores del patio y ahora estamos trabajando en las paredes exteriores del edificio.

Tenemos escobas para barrer los residuos, lo que por sí solo es un gran trabajo.

Hay una corriente rosa con café y pedazos de estuco que fluye desde el área que estemos rociando.

Si no estás iluminando con la lámpara, estás llevando el agua hacia el drenaje.

Jairo lleva horas lavando ventanas.

Quang-ha tiene el control como el Jugador Más Valioso de rocío a presión de departamentos.

Es el único que lo hace como un atleta.

Como nunca lo he visto practicar ningún tipo de deporte, y soy escéptica acerca del boliche, estoy sorprendida.

La resistencia física es uno de los componentes del liderazgo, incluso en el mundo moderno, donde no es necesario saber cómo ponerle un arnés a un buey.

Porque sigue siendo impresionante si lo logras.

Cuando se hace muy tarde, Dell baja una silla de jardín del balcón del segundo piso.

Comienza a relajarse.

O quizás están haciendo efecto los desinflamantes musculares que le dio Pattie.

Ahora los vecinos parecen pensar que el jardín es una buena idea.

Es posible que sólo estén contentos porque sus ventanas están limpias.

El cielo está lleno de estrellas.

Más de las que había visto jamás, y he pasado muchas noches con la cabeza hacia arriba analizando las constelaciones.

Quang-ha se ha reído más en las últimas diez horas que en las últimas diez semanas.

Ahora todo le parece gracioso.

Hasta hace poco no entendía que las emociones pueden ser muy contagiosas.

Ahora sé porqué los comediantes son tan importantes para la cultura.

Sentada en una caja de plástico en medio de la noche iluminando lo que a estas alturas es un proyecto de destrucción de pintura, yo también me río.

De nada, en realidad.

Y me doy cuenta de que me río de estarme riendo.

Son pasadas las tres de la mañana.

Jairo ya se fue. Pattie se fue a dormir después. Mai no puede detenerse en seguir llevando agua de desperdicio al drenaje.

Dell sigue afuera, pero ha estado dormido en su silla de jardín durante una hora.

Le dio frío y se metió a una bolsa negra de plástico. La perforó con sus pies y ahora me recuerda a una pasa habladora que vi en la televisión una vez.

Un tipo de los departamentos al otro lado de la calle nos dijo hace una hora que apagáramos la máquina, pero Quang-ha lo ignoró.

Por fin, Quang-ha hace una señal y Mai apaga el motor.

Ella y Quang-ha y yo apuntamos nuestras lámparas para ver lo que hicimos.

Quitamos capas enteras.

De mugre.

Y pintura rosa.

Y estuco grumoso.

La superficie entera de la estructura está suave y brillante.

Todas las grietas se han ido. Así como los parches en donde el estuco se había desmoronado.

El extraño diseño del lugar, con sus ventanas altas y su estructura de caja, ahora parece futurista y avanzado.

Al menos para mí.

Y no es exagerado decir que los Jardines de Glenwood es el edificio más limpio de todo Bakersfield.

Durante tres días, para todos nosotros es difícil mover los brazos.

Caminamos como soldados de plástico con nuestras extremidades pegadas a nuestros costados.

En la noche bajo y humedezco la tierra para evitar que se vuele de nuevo.

Y preparo el suelo. Le pongo un fertilizante de liberación prolongada que le pedí a Dell que comprara en Home Depot.

A la mitad de la semana estamos listos para el siguiente paso.

Tenemos más de cuatro docenas de girasoles, en veintitrés contenedores, una nochebuena y mantillo para esparcir.

Los girasoles deben despegar en cuanto los pongamos en el suelo.

Soltarán raíces hasta tres metros bajo el suelo. Sus tallos producirán un botón de flor en las próximas semanas.

Sé cómo funciona todo esto.

Después de un mes, cuando midan unos dos metros de altura, el gran disco que es la flor se desdoblará.

Florecerá durante una semana.

Llegarán las abejas a polinizar las muchas florecillas que componen lo que nosotros pensamos que es una sola (pero que en realidad son varios retoños).

Una semana después, cuando terminen de florecer, las florecillas se convertirán en semillas y madurarán.

Toda la energía se moverá a esta nueva generación de vida.

La planta habrá dado luz al futuro, y entonces estará terminada.

Así funciona. Desde la bacteria en el lavaplatos hasta la mosca de fruta dando vueltas alrededor de los plátanos. Todos hacemos lo mismo.

Pero si las personas lo vieran de esta manera, quién sabe si alguien se levantaría de su cama por las mañanas.

Pronto tendré el jardín cubierto de girasoles, pero en cinco semanas deberá ser replantado.

Y yo también.

Lo que sucede en el suelo después deberá ser más permanente.

Ahora mismo yo soy el girasol.

Temporal, pero aferrándome al suelo debajo de mis pies.

El jardín me está retando, como siempre, a ver mi propia situación.

Mi audiencia es el próximo mes.

Estaré lista. Aunque no estoy segura exactamente para qué.

Pero quizás eso es lo que significa estar lista.

Capítulo 51

❧

Dell llegó al estacionamiento.

No había lugar para él, para su auto, para su cuerpo ahora-siempre-adolorido-por-el-ejercicio.

Después de dar varias frustrantes vueltas, por fin encontró un lugar para estacionarse.

Era diminuto y estaba rodeado, por un lado, de una camioneta del distrito escolar y, del otro, por una reja que rodeaba toda la propiedad.

Dell pisó el acelerador con la intención de avanzar lentamente.

Pero su pie resbaló.

Cada pelo de su cuerpo se puso de punta con el sonido del metal contra metal cuando la reja talló una línea por todo el costado derecho del vehículo.

Dell apagó el auto mientras gritaba y maldecía y golpeaba con su puño (que se lastimó porque le dio al tablero en lugar de al tapizado).

Comenzó a pensar en Willow. Antes de que avanzara, ella le habría advertido que el espacio era muy pequeño. Quizás calcularía la masa o la distancia o habría pensado en algo.

Dell sacó de su cabeza a la niña y abrió la puerta.

Pero se encontró con otra dura realidad.

Como ahora había dejado un espacio entre la reja y el lado del copiloto, estaba tan cerca de la camioneta que dudaba poder salir de su auto.

Tenía que solucionar esto.

¿No era eso lo que la vida le estaba enseñando ahora?

Dell apretó los dientes y sacó su pierna izquierda y luego la cadera.

Pero su barriga, incluso de lado y sumiéndola, era un verdadero problema.

Esperando que algo bueno sucediera, soltó su panza. Se desparramó en todas direcciones y el borde de su puerta perforó el costado de la camioneta.

Otro sonido de metal contra metal.

Con los ojos como platos, se quedó viendo el daño.

Esa camioneta era como de papel.

Dell azotó la puerta y salió disparado de la escena del crimen.

Pero mientras corría entre las hileras de autos, una masa negra brincó de detrás de una llanta y se metió justo entre sus piernas.

Dell sintió que el pelaje tocaba sus tobillos y gritó como un niño asustado.

Dentro del edificio que alojaba casi toda la administración, en momentos veía cabezas asomándose por las ventanas.

Dell se tiró al piso para protegerse de los profesionales de la observación.

Y fue entonces cuando miró de cerca a la criatura antes conocida como Cheddar.

El gato estaba flaco y sarnoso, con una oreja calva y sin un pedazo de la ahora torcida cola.

Pero el animal estaba más que sucio y herido; estaba frenético y desesperado.

Cheddar arqueó el lomo, y en un intento de parecer feroz, mostró sus dientes afilados y sus ojos verde pálido se volvieron jade oscuro.

Un escalofrío recorrió la espina dorsal de Dell.

Adoptó a Cheddar y luego lo dejó a su suerte en el estacionamiento.

No hizo un solo intento por encontrarlo.

Dell miró a los ojos al felino asustado y algo hizo clic.

Tenía que responsabilizarse más de sus acciones.

Comenzaría con el gato.

Dell tomó a Cheddar del pellejo del cuello, y se sorprendió de lo fácil que era controlar al animal.

Cheddar no era un gato salvaje.

Fue criado por un humano y parecía muy feliz de regresar a la compañía de un hombre, con posible acceso a comida enlatada.

Dell cruzó el estacionamiento de regreso a su auto, y como pudo se metió en él junto con Cheddar.

Cheddar brincó a la parte trasera cuando Dell prendió el motor.

Podía escuchar un nuevo sonido ahora. Era muy bajo, pero distintivo.

El gato ronroneaba debajo del asiento.

Dell echó reversa y, curiosamente, la cerca metálica ni siquiera tocó su auto esta vez.

Dell dejó a Cheddar con un veterinario en la Avenida Central, pidió que lo bañaran y le hicieran un examen completo. Lo recogería al final del día.

Después regresó a las oficinas del distrito escolar y, esta vez, se estacionó a dos cuadras.

Luego fue a la oficina principal y reportó el daño que le había hecho a la camioneta.

Resultó que el distrito escolar tenía seguro de autos y la mujer le dijo que no se preocupara.

Dell fue a su oficina con un pequeño brinco en su andar.

Quizás era el ejercicio. Había perdido casi siete kilos.

O tal vez porque había hecho lo mejor para Cheddar.

Capítulo 52

❧

El gato está de regreso.

Es una gran noticia por aquí.

Al menos para mí.

Sadhu es alérgico, así que Cheddar va a vivir con nosotros en el #28.

Por ahora.

Estoy obsesionada con este gato.

Y está funcionando porque Cheddar está más o menos obsesionado conmigo, o al menos muy interesado, que en el mundo de los felinos cuenta como conducta obsesiva.

El gato duerme en mi cama, enroscado en el hueco que deja mi cuerpo.

Resuella cuando está dormido.

Sus patas se sacuden.

Está corriendo.

Me gustaría ver sus sueños.

Por la tarde, Cheddar me espera en el borde de la ventana cuando llego del salón.

O tal vez sólo disfruta de la vista. Pero definitivamente parece que estuviera a la expectativa.

Guardo los ahorros de mi vida en una caja de metal debajo de mi cama.

Cada semana he intentado contribuir con la comida (lo pienso como una mesada al revés), pero Pattie rehúsa tomar mi dinero.

Intento darle algo a Dell pero también dice que no. Su "no" no es tan contundente como el de ella, pero es suficiente.

Así que hoy es la primera vez que voy a gastar algo de dinero.

Voy a la tienda de mascotas en la Calle Séptima.

Compro un collar de seguridad color lima para gatos. Es muy llamativo y además brilla en la oscuridad.

Pago dos dólares extra para que impriman *Cheddar* en el collar. Y pongo el número de teléfono de Pattie —no el de Dell— para cualquier emergencia.

También insisto en que el collar tenga un cascabel. Los gatos pueden causar mucha destrucción en la población de aves.

Pero creo que si todo sale bien para Cheddar, nunca va a pisar otra cosa que la alfombra por el resto de su vida.

He dejado la puerta abierta y ni siquiera muestra interés por investigar el pasillo.

Cuando regreso al departamento, Quang-ha se queja de lo que llama "el maldito tintineo".

Pero hasta él tiene que admitir que el gato (con su oreja pelona y su cola torcida) es, de alguna manera, inspirador.

Ahora Dell y yo hablamos de cosas prácticas en mis sesiones.

Tengo dos preocupaciones.

Estoy ansiosa, por supuesto, por encontrar un tutor.

Y constantemente estoy pensando en qué hacer cuando mueran los girasoles.

Las plantas han crecido en estas últimas semanas y ya florecieron.

La de Quang-ha es la más alta. Alcanzó casi tres metros. Creo que todos en el edificio han disfrutado el espectáculo.

Algunas personas se han quejado de las abejas.

Pero es imposible complacer a todos.

Ahora estas plantas están en la rampa de descenso de sus vidas. Necesito pensar en qué hacer cuando las quitemos.

En la mayoría de los casos, si rebanas una parte de la planta —se puede pensar en esta planta madura como el padre— y cuidas esa porción, crecerá.

Se llama un corte.

No tengo muchos recursos (que se me ocurran, porque mis ahorros no suman mucho) para decorar una porción grande del suelo en el patio.

Le dije al banco que teníamos un plan, y eso fue lo que presenté en los dibujos.

Pero eso era hipotético.

Y esto es la realidad.

Voy a tener que tomar vida de donde pueda para embellecer este lugar, ya sea en el vecindario o en los alrededores de Bakersfield.

Comienzo con poco.

Una canasta.

Tijeras.

Toallas de papel mojadas (para mantener húmedos mis cortes).

Tengo unos pequeños en vasos con agua en la cocina que ya están echando raíces.

Necesito pensar más en grande.

El sábado Dell me lleva a los invernaderos en la zona sur y compramos hormonas para crecimiento y tres costales de tierra.

Ahí veo a Henry E. Pollack. Es el dueño del lugar.

Lo conozco desde que era muy joven.

Él y mi papá solían hablar de futbol, y nos hizo descuentos durante años.

En alguna ocasión, en su invernadero busqué hongos y plagas de insectos..

Y le di consejos sobre cómo desramar árboles frutales.

Estoy en la parte trasera viendo su nueva *Pittosporum tenuifolium*, y veo que Dell está hablando con Henry en una esquina.

Parece un poco serio, lo que me pone nerviosa.

En el auto le pregunto a Dell de qué estaban hablando y me dice:

—Henry quería saber cómo estabas.

La gente se siente incómoda preguntándole eso a los niños. Así que le preguntan a los adultos.

Pero esos adultos, la mayoría de las veces, no tienen idea.

Miro por la ventana todas las plantas que crecen en los jardines de los demás, y me pierdo en eso.

Pero después, en el alto, digo:

—Estoy intentando no echar raíces permanentes. Eso deberías contestarle a personas como Henry.

Quang-ha está en el sillón viendo un programa de televisión sobre un tipo que maneja un convertible por todo el país comiendo hamburguesas.

Mai está leyendo un catálogo para admiradoras de los trajes de baño.

Dell se está recortando la barba junto a una bolsa de papel (para evitar que los pelos vuelen por toda la habitación).

Cheddar está dormido.

Pattie está en el salón.

Se ha estado quedando hasta más tarde. Eso me preocupa, pero a ella no le gusta que nadie cuestione sus horarios.

Llego a la sala y explico mi plan: que demos una vuelta por la ciudad y hagamos pequeños recortes de plantas interesantes.

Quang-ha no me mira pero dice:

—¿Eso sería robar?

Me animo. Al menos tengo su atención.

—Es una pregunta interesante. Si estuviéramos en propiedad privada, sería allanamiento. Y eso es romper la ley.

Quang-ha murmura algo que no entiendo.

Así que continúo:

—Las plantas son propiedad de la gente. Pero ¿y si la planta se extiende hasta la banqueta? ¿Y si estamos en propiedad pública, como un parque o una biblioteca o un edificio del Estado?

Quang-ha mantiene la mirada en la televisión y dice:

—¿Y si te mueves un poco? Estás tapando la tele.

Doy un paso a un lado.

Silencio.

Sólo la televisión y los sonidos de Dell luchando por cortar su extremadamente enredado vello facial.

Y luego Quang-ha dice:

—Sólo saca cosas de los botes de basura verdes de la gente. El trabajo lo hacen ellos.

Lo veo con admiración.

La madre de Quang-ha es la mujer más trabajadora que conozco. Y le ha pasado a su hijo una cualidad única. Entiende el trabajo de una manera distinta.

Si algo no le interesa, hará lo que sea necesario para zafarse de hacerlo.

Hablo en serio cuando le digo:

—Quang-ha, creo que podrías tener un futuro brillante en la administración.

Como para concretar su punto, dice:

—Si hay barras de helado en el congelador, quiero una.

Nunca ha habido barras de helado en el congelador, pero voy a comprar una en cuanto tenga oportunidad.

Capítulo 53

⁀෧)

Durante los siguientes diecisiete días Mai, Dell y yo nos volvemos expertos en los botes de basura verdes.

En nuestra ciudad, la basura se separa en botes azules para el reciclado y verdes para los desechos del jardín. El negro es para todo el resto.

Mi primera observación: los recipientes verdes no siempre están llenos con pasto y flores muertas.

He encontrado espagueti. Y todo tipo de cosas inapropiadas.

Algunas bastante espeluznantes.

Pero la mayoría de las personas de Bakersfield, California, están siguiendo las reglas de separar la basura, lo que significa que tiran los desperdicios de sus jardines en el lugar correcto.

Y buena parte de esa materia está viva.

Pattie ya no quiere más botes o contenedores en el departamento. Fue muy categórica con eso. Y Dell sólo tiene su cuarto al otro lado del pasillo, y tiene reglas muy estrictas.

De nuevo, Quang-ha es quien responde:

—Lleva todo a la azotea. Nadie sube nunca.

No ha vuelto allí desde que pusimos los pedazos de vidrio en el tragaluz, pero obviamente recuerda que es un espacio muy amplio.

Así que ahora hay macetas y contenedores en todo ese espacio.

Con tantas hormonas de crecimiento y el sol y el agua, tengo un pequeño vivero.

Pero luego perdemos casi todas las plantas.

Cae una lluvia ligera y alguien llamado S. Godchaux, del departamento #21, reporta una pequeña fuga en el techo de su baño.

Llama al banco y ellos no notifican al representante del edificio, sino a quien hace la reparación.

Pattie y yo estamos en el salón, así que no me entero de nada de esto hasta que es demasiado tarde.

El empleado va al edificio y no les encuentra forma a los contenedores con los recortes.

Para él todo es un gran desorden que estorba en una zona que necesita impermeabilizar.

Llama al banco y al parecer alguien llamado Chad Dewey le dice que ahí no debería de haber nada.

Así que el trabajador toma todas las plantas que están echando raíces (o al menos intentándolo) y las lleva abajo, donde terminan en el bote de basura.

Llego a la escena del crimen.

Hoy es día de recolección de basura.

Tengo que hilar la secuencia de eventos y, cuando llego al fondo de ellos, creo que la pérdida de plantas no es una derrota, es una señal.

En realidad no voy a vivir en los Jardines de Glenwood durante mucho tiempo.

Pronto me mandarán a un hogar adoptivo.

Voy a regresar a la escuela.

Lo que está pasando aquí terminará.

Al menos para mí.

Cuando voy a ver a Dell para la asesoría, le digo:

—No puedo regresar al pasado. Tener un jardín en el patio nunca va a ser lo mismo que cuando tuve el jardín en mi casa.

Dell sólo asiente. Está sudoroso.

Más tarde veo que Dell le da un sobre a Mai cuando llega a cenar. Y cuando voy a dormir, encuentro la nota en mi almohada. Dice:

Willow:
Cuando encuentren el lugar para ti, será un gran lugar y será ideal para ti. Quiero que

intentes llevarte a Cheddar. Llamaré a Lenore y le diré que el gato es un perro terapéutico.

Tu amigo,
Dell Duke

Dijo que el gato es un perro de terapia.

Aprecio su apoyo, pero espero sinceramente que él no esté a cargo de este teatro.

Pasan dos días y en lugar de tomar el autobús hacia el salón voy a los viveros.

Encuentro a Henry y le explico sobre los girasoles y que perdí mis recortes, y le pido su consejo.

Debe ir a la parte de atrás porque un camión llegó con una entrega.

Espero.

Hay cajas de catarinas en el mostrador y compro una.

Suelen ser de color naranja tostado, pero cuando me asomo a la caja, los insectos parecen rojo brillante.

Sé lo que diría Pattie:

Suerte.

Y tendría razón porque unos minutos después Henry regresa y dice que me va a ayudar. Pasará después del trabajo para ver lo que hay.

Me siento aliviada.

Lo que se siente raro.

Camino de vuelta a los Jardines de Glenwood y trato de moverme con mucho cuidado, porque no quiero sacudir a las catarinas.

Cuando atravieso la puerta Quang-ha, que está en el sillón como siempre, ve la caja en mis manos y dice:

—¿Trajiste comida?

Digo:

—Traje insectos.

Pero sonrío y no me doy cuenta hasta que me miro en un espejo.

Me sorprende.

Me veo distinta cuando sonrío.

Tal vez todos se ven distintos cuando sonríen.

❧

Esta mañana no voy al salón.

Me quedo en casa para esperar la entrega de plantas.

Henry vino ayer y echó un vistazo. Me dijo que me traería algunas cosas.

Pero no es la camioneta regular de los viveros la que llega a las 10:07 a.m.

Lo que llega es un camión con un montacargas. Y detrás viene una camioneta con cuatro trabajadores.

Salgo a la calle y Henry y su primo Phil están bajando la compuerta del montacargas.

En el camión veo una gran caja de bambú. La transportan de lado. Hacia arriba mediría más de diez metros.

Hay otras plantas en el camión.

Phormium con vetas rosadas.

Una selección de enredaderas con flores (para que suban por los tubos de metal hasta el segundo piso).

Recubrimiento para el suelo.

Incluso un cerezo de tres años.

Estoy abrumada.

Pero no hay tiempo de expresarlo porque hay mucho trabajo que hacer.

Los cuatro trabajadores cortan los girasoles.

Esto habría sido triste, pero ahora no lo es.

Decidimos colgar algunos de sus tallos en el balcón del segundo piso. Las flores más grandes son del tamaño de una cabeza humana. Los pétalos amarillos están secos y sus centros son negros.

Henry tiene cordones verdes y yo quedo a cargo de ese proyecto mientras los trabajadores cavan un gran agujero, porque el bambú que trajeron es cosa seria.

Cuando estoy atando los tallos de los girasoles a los barandales, Henry viene a decirme que todo esto es un regalo.

Intento darle las gracias, pero no me salen las palabras.

Mi boca está abierta y de repente soy como un pez fuera del agua. No se puede ver el anzuelo, pero debe estar en mi mejilla.

O tal vez está en mi corazón, porque es en donde siento el jalón.

Henry pone su brazo sobre mi hombro y susurra:

—De nada.

Nos toma casi cuatro horas plantar todo.

Pero el día aún no termina.

Como otra sorpresa, Lorenzo, de Electrónica Bakersfield, llega con un juego de luces de energía solar, que por la noche lanzarán rayos de luz desde el follaje hasta el cielo estrellado.

Es mucho más de lo que había esperado.

Lorenzo dice que los muchachos de los viveros lo llamaron. Me cuenta sobre algo llamado el "banco de favores".

Nunca he escuchado de esto, pero pienso que debo tener cuentas con muchas personas.

Veo cómo Lorenzo pone las lámparas en su lugar, pero no puedo evitar moverlas un poco más para que estén justo donde creo que deben estar.

Le explico que me gusta ver el espacio en términos de triángulos, y me escucha durante un rato y luego se ríe.

Cuando terminamos, me da su tarjeta y dice que me quiere hablar sobre un gran proyecto de iluminación en el que está trabajando en un centro comercial.

Le digo que con gusto veré sus planos.

Puede ser parte de mi banco de favores.

Cuando se va, riego todo con una manguera que Henry dejó.

Estoy terminando cuando veo a Mai caminando sobre la acera. Voy a la puerta y me sigue hacia adentro, y deseo que Henry y Phill y Lorenzo y los trabajadores se hubieran quedado.

Merecían ver la expresión en su rostro.

Nos sentamos en las escaleras y vemos a la gente mientras llega a casa.

Todos se quedan más o menos anonadados.

Decido no ir a hacer ejercicio para estar aquí cuando llegue Quang-ha.

No dice una sola palabra.

Espero. Aún está callado cuando se sienta junto a mí en las escaleras.

Más silencio.

Después voltea y dice:

—No quiero saber cómo lo hiciste. Quiero creer que eres mágica.

Quizás porque es más grande y es hombre, y quizás porque no le gustaba nada la idea de que yo llegara a quedarme con ellos, siento como si me quitaran un gran peso de encima cuando escucho sus palabras.

Creo que la sensación se llama aceptación.

Los tres estamos juntos cuando Dell llega al estacionamiento.

Creo que sabía que algo iba a suceder. Dice que Henry le llamó. No puedo creer que fuera capaz de guardar cualquier tipo de secreto.

Dell está muy, muy contento cuando ve las plantas.

Mai usa el celular de Dell para decirle a su mamá que llegue temprano a casa. Quiere que vea el jardín durante el día.

Pattie llega al edificio justo cuando el horizonte está color púrpura.

Hay pinceladas de color cuando mira hacia arriba, hacia el cielo que oscurece.

Dice:

—Ya no es equivocado llamarle a este lugar Jardines de Glenwood.

Subimos todos juntos y yo tomo a Cheddar y me acuesto con él.

Estoy exhausta.

También Cheddar, creo, aunque cabecear es parte de su naturaleza, así que no estoy segura.

Me quedo dormida aunque no he cenado y apenas está oscureciendo. Despierto con el sonido de la televisión y el olor a palomitas.

Quang-ha aparece en la puerta y dice.

—Dell puso de nuevo su letrero de representante del edificio.

Nos vemos de frente.

Nos estamos riendo, pero con los ojos.

Capítulo 54

❧

Dell recogió el correo.

Siempre eran malas noticias, así que a veces pasaban varios días antes de que se molestara en sacar su pequeña llave para abrir la caja metálica frente a la puerta.

El buzón estaba atascado.

Como siempre, había cuentas atrasadas mezcladas con volantes impresos en tinta negra barata que le manchaba los dedos.

Pero ahora había algo más.

Tenía en sus manos una carta dirigida a Pattie Nguyen.

DEPARTAMENTO DE SERVICIOS INFANTILES

DEL CONDADO DE KERN.

Se sintió un poco mareado.

Sudoroso y mareado.

Quizás debería irse.

Podría tomar su auto y no regresar jamás.

Si lo hacía, al menos el gato estaría en buenas manos. No podía imaginar un mundo en donde Willow no le pudiera encontrar un lugar a esa bola de pelos.

Dell le entregó la carta a Pattie y luego se fue a su habitación al otro lado del pasillo.

Ahora estaba en cama y tenía su laptop abierta. Miraba fijamente a la página web del Departamento de Servicios Infantiles del Condado de Kern.

En el estado de California, una persona podía tener la custodia temporal de alguien durante un par de semanas o, en circunstancias especiales, durante meses.

Pero después de eso, el objetivo era la permanencia. La esperanza era que apareciera un tutor.

Dell sintió que su pierna izquierda se entumía.

Y después tuvo un espasmo, espontáneamente, como si pateara una pelota de futbol.

Desde que empezó a trotar, sus extremidades parecían funcionar independientemente del resto de su cuerpo.

Ahora, incluso acostado, era como si sus pies intentaran avanzar.

¿Era posible que se pudiera convertir en el tutor de una niña de doce años?

Incluso si lo quisiera (y no quería, ¿o sí?), tenía deudas y una seguridad de empleo muy frágil, y nunca había sido capaz ni siquiera de darle seguimiento a la tarjeta de la cafetería en la que le hacían un agujerito cada vez que iba por su café en la mañana.

¿Pero no habían cambiado ya las cosas?

¿Qué no era el representante del edificio de los Jardines de Glenwood?

¿No había llevado a los chicos Nguyen a la escuela todos los días?

Además, no estaba sólo aferrándose a un empleo; era probable que estuviera mejorando.

¿No fue él quien supervisó la más grande transformación en la historia del edificio?

Bueno, tal vez no la supervisó, pero era parte de ella. Y él operó el rototaladro.

Dell cerró su laptop.

Pero sus piernas siguieron sacudiéndose.

Nadie sabía que se habían acercado tanto.

Y ahora Jairo era la primera persona con la que Pattie necesitaba hablar.

Su celular sonó, pero no contestó. Sabía que si estaba manejando no podía contestar.

Pero le regresaría la llamada y encontrarían una solución, juntos.

Era diciembre y el calor brutal que era la única constante durante meses, se había terminado la semana anterior. Era como si alguien hubiera apretado un botón para cambiar la temporada.

Ahora las noches eran frías, y los ventiladores habían sido guardados para su hibernación de cuatro meses.

Pattie se quitó sus zapatos apretados (era como si le estuvieran creciendo los pies) y miró la carta del estado de California.

Era para la audiencia de custodia.

Había sido pospuesta dos veces.

Ahora era real.

Tenían que tomar decisiones.

Dobló la carta a la mitad y se prometió hacer lo correcto.

Capítulo 55

Mientras subimos a la litera, le explico a Mai que todo está en choque, que es lo que sucede cuando una planta llega a un suelo nuevo.

Sé, por experiencia, que algunas plantas se desarrollarán y otras se marchitarán.

Sólo el tiempo expondrá la diferencia.

El balance es crítico en el mundo natural.

Aún siento el triunfo del jardín al día siguiente, cuando me dan las noticias.

No me agrada Lenore Cole, de Jamison, pero en nombre de la justicia, admito que sería difícil argumentar que no está haciendo su trabajo.

Me ha encontrado un lugar.

Es permanente.

Hoy vino al salón para decírmelo en persona. Luego me pregunta si necesito algo.

Estuvimos hablando afuera, en el estacionamiento, pero Pattie debe saber.

He estado con ellos durante casi tres meses.

Siempre fue temporal.

Pattie no me conocía hasta que un camión de materiales médicos se pasó un alto.

Entiendo mejor que nadie todo lo que ha hecho por mí.

Éstos son los hechos.

Me van a enviar a un albergue grupal en la Calle 7.

Claro, no iba a ser en la Nueve o la Ocho.

Dice que no hay problema si lloro.

Le digo que estoy bien.

Digo que me gustaría ir a la biblioteca, y ella ofrece llevarme.

Me gusta tener libros a mi alrededor.

Cuando Lenore y yo estamos a punto de irnos, Pattie me dice que Dell me recogerá en la biblioteca después del trabajo.

No tendré que tomar el autobús.

Le doy las gracias y vamos al auto de Lenore.

Me siento entumecida.

Pero avanzo.

Así es como lo dice Lenore cuando llegamos al auto. Sus palabras exactas son:

—Es hora de avanzar.

Se siente como algo que podría escuchar en la fila de una cafetería después de estar viendo durante mucho tiempo un misterioso plato de fideos.

Y luego añade:

—Las transiciones son importantes. Queremos que pases la mañana en Jamison y luego vayas a la audiencia.

Así que eso es avanzar.

Esto significa que todo va a suceder de inmediato.

Me toma por sorpresa.

Cuando me lo dijo, pensé que sería en cinco días o dos semanas.

No mañana.

Lenore es una profesional y debe tener algo de experiencia en todo esto.

Debe ser como arrancar un curita de un solo jalón.

No duele tanto porque un componente importante del dolor tiene que ver con la anticipación.

Así que quizás por eso no me lo dijo hasta ahora.

Le digo adiós a Lenore y entro a la biblioteca.

Una vez adentro, sostengo mis manos enfrente de mi cara.

Estoy respirando muy rápido. Pero no lloro.

Pienso en Mai y Quang-ha y Pattie y Dell.

Me están alejando de estas personas.

Y creo que ya no podría vivir sin ellos.

Voy directo a mi área favorita, que está en la parte de arriba, en la esquina junto a la ventana.

La luz inunda este punto.

Saco un libro de astrofísica. No he pensado en grandes conceptos durante un largo tiempo.

Quizás he estado muy ocupada con las cosas pequeñas. He tenido mi mente puesta en cosas específicas.

Leer sobre galaxias y microondas cósmicas me ayuda a respirar con más facilidad.

Estoy poniendo mi lugar en el universo en perspectiva.

Soy polvo de estrellas.

Soy sólo un pequeño trozo de una vasta expansión.

Cuando es hora, voy hacia las escaleras.

Pienso en los Nguyen.

¿Se mudarán de los Jardines? ¿Dell regresará al #28? Tal vez pueden rentar otro departamento y quedarse en el edificio.

Mai no me extrañará sólo a mí; en verdad va a extrañar la cama y los armarios.

¿Y Cheddar?

Si se quedan, puedo visitarlos los fines de semana.

Aún podría ayudar con el jardín.

Podría caminar, o incluso llamar a Jairo para que me llevara en su taxi.

Podría correr más e idear un trayecto que me hiciera pasar por los Jardines de Glenwood.

Dell aparece de repente.

No lo vi venir. ¿Se me escondió o ya no veo las cosas?

Se sienta junto a mí.

Pero no dice nada.

Pone su cabeza entre las rodillas y comienza a llorar.

Suena como si se estuviera ahogando.

Estoy a su lado y hago lo que habría hecho mi madre.

Pongo mi brazo en su hombro y digo suavemente:

—Está bien. Todo va a estar bien.

Y eso lo rompe por completo.

Llora con más fuerza.

Levanta la cara y me mira. Aún tengo mi brazo alrededor de su espalda arqueada.

Pero veo algo en sus ojos.

Tiene el corazón roto.

Conozco esa mirada.

Capítulo 56

❧

Pattie cerró temprano el salón y fue a casa.

Estaba nublado y el viento soplaba fuerte en el valle. Había polvo y arena en el aire, y cuando sus dientes se cerraban podía sentir la tierra.

Probaba su sabor cuando tragaba.

Pattie entró al departamento y vio a Quang-ha en la mesa haciendo su tarea.

Nunca estaba en la mesa haciendo su tarea.

Siempre estaba mirando televisión.

Pero ni siquiera volteó cuando entró.

No dijo nada.

Pattie notó que su pie se estaba moviendo. De atrás hacia delante. No temblaba, pero estaba cerca.

Vio hacia el pasillo.

Mai estaba en el cuarto, en la cama superior. Tenía el rostro hacia la pared y al gato contra su pecho.

Así que ya sabían.

Pattie caminó por el pasillo y se quedó en la entrada del cuarto.

—Vamos a encontrar una solución.

Caminó hacia la cama y puso su mano en la cabeza sedosa de su hija.

—Es temporal.

De repente, la voz de Quang-ha se escuchó con fuerza.

—Siempre dices eso. Temporal. Bueno, si haces algo durante suficiente tiempo, ya no puedes usar esa palabra.

Pattie fue a la sala y se paró frente a su hijo. Mai estaba detrás de ella.

Quang-ha las miró. Su mirada era grande y desafiante.

Pero su voz era la de un niño, no la de un adolescente.

—No deberíamos dejarla ir.

Pattie puso su brazo sobre el hombro de su hijo y así se quedaron un rato.

Mai llegó y se recostó en ellos.

Afuera comenzaron las ráfagas de viento. La ventana de la cocina estaba abierta y podían escuchar un sonido. Era diferente. Era algo nuevo para añadir a la mezcla de ruido callejero y gente.

Era el bambú del jardín.

Podían escuchar el susurro de mil hojas.

Dell despertó en medio de la noche.

Intentó dormirse otra vez, pero dio tantas vueltas en la cama que comenzaba a sentirse como un ejercicio.

A las 2:47 estaba agotado, pero aún despierto, así que se levantó.

Se quedó en pants y playera, pero se puso los zapatos y una chamarra.

Bajó al patio.

Hacía frío y podía ver su aliento mientras caminaba hacia la manguera verde.

Parado bajo la luz de una luna parcial, vio cómo el agua salía a chorros con un helado color plateado.

Y aunque se estaba congelando, Dell se tomó su tiempo regando el jardín de Willow.

Las enredaderas eran más grandes que él, y cuando las miró con atención se dio cuenta de que uno de los botones comenzaba a abrirse.

Estaba seguro de que sería magnífico.

Capítulo 57

Abro mis ojos. Puedo escuchar la suave respiración de Mai en la cama de arriba, pero, por lo demás, el departamento está en silencio.

Es inusual. En el mundo de Pattie Nguyen siempre hay algo de ruido.

Siempre hay comidas cocinándose, platos lavándose, la aspiradora encendida o la regadera abierta.

Pero no ahora.

Porque es muy temprano.

Dell me llevó a cenar anoche al Verde Feliz, un restaurante vegetariano.

Intentaba alegrarme.

Me dijo que estaban trabajando en algún tipo de acuerdo.

Cuando regresamos a los Jardines, hice lo posible por parecer feliz.

Veo el reloj. Son las 4:27 a.m.

Quang-ha está dormido en el sillón.

Las cortinas de las ventanas de la sala están cerradas.

La luna llena está justo arriba del tragaluz y su brillo es suficiente para lanzar pequeñas sombras sobre la alfombra.

En el pasado veía formas como una esperanza.

Ahora parecen manchas.

Tomo mi almohada y mi cobija y me voy a sentar al baño.

Minutos después entra Cheddar. Se acurruca en el borde de la cobija y se duerme recargado contra mi espalda.

Hay una ventana aquí y, desde mi posición en la esquina del suelo frío, veo que el amanecer llena el mundo de luz anaranjada.

Las estrellas que iluminan el cielo infinito de Bakersfield comienzan a desaparecer.

Cierro los ojos.

Finalmente, mientras me quedo dormida de nuevo, mi mente se llena de colibríes.

Ellos entienden la importancia del movimiento.

Despierto un par de horas después y no tengo idea de dónde estoy.

Me toma un momento (que parece una eternidad, pero no es más que un segundo) procesar que estoy en el baño y que después de hoy ya no viviré en los Jardines de Glenwood.

Eso es lo que pasa con el tiempo.

Un segundo se siente como una eternidad, si a éste le sigue el sufrimiento.

Estoy muy, muy cansada, pero tomo un baño y me lavo el cabello.

Dejo que se seque y que tome la forma que quiera, que es en una masa de rizos negros.

No lo voy a peinar ni a trenzar ni a intentar controlarlo.

Es lo que es.

Yo soy lo que soy.

Me pongo mi viejo atuendo de jardinero.

Pongo en mi bolsillo la bellota que me dio Mai.

No voy a usar mi sombrero rojo porque voy a estar en interiores.

Pero lo llevaré conmigo porque el rojo es mi color de la suerte, y es muy importante en la naturaleza.

El desayuno es como siempre.

Tomo un plátano, que está cubierto de puntos marrones.

Parece la piel de una jirafa.

Me gustaría ser lo suficientemente grande como para ir a vivir al Amazonas y estudiar las plantas ahí, porque es posible que alguna de ellas esconda la cura contra el cáncer.

Pero los obstáculos son infranqueables.

Ni siquiera tengo un pasaporte.

Estamos intentando comer cuando Dell se aparece más temprano de lo normal.

Él y Pattie dicen que van a traer algo del auto y van al estacionamiento.

Estoy segura de que están hablando de mi situación.

Regresan después de un par de minutos y sólo dicen que debemos irnos o Mai llegará tarde a la escuela.

Le pregunto a Pattie qué va a suceder en la audiencia.

Dice que no debo preocuparme.

No creo que eso conteste mucho.

¿Quién no estaría preocupado?

Pero lo peor es que ahora la conozco. Paso gran parte del día con ella. Así que puedo ver en la expresión de su cara que también está preocupada.

Mai quiere ir a la audiencia.

Le digo:

—No tienes que estar ahí. Debes ir a la escuela.

Estoy lista para esto. Soy más fuerte.

Y luego me levanto y voy al baño.

Minutos después llega Lenore.

Pattie dice que esto no es un adiós.

Es *Hẹn gặp lại sau.*

Que significa "hasta luego".

Digo:

—Sí. Los veré a todos luego.

Tengo que salir de aquí antes de que esto se convierta en un drama.

Abrazo a Mai e intento ser valiente, sobre todo porque ella se está desbaratando por las dos.

Siempre es la persona más fuerte donde esté, pero con mi partida su armadura se rompe.

Abrazo a Dell y luego a Pattie. Inclino la cabeza para Quang-ha.

Luego volteo hacia Cheddar.

Está sentado en el sillón y me mira. Iba a despedirme de él. Era mi plan. Pero no puedo hacerlo.

Me volteo.

Y escucho el cascabel de su collar.

Sólo se me ocurre decir:

—Por favor rieguen las plantas del patio. Especialmente la *Pittosporum*. Vendré a revisar el jardín en cuanto pueda.

Escucho que Mai sale del cuarto y camina por el pasillo. No lo soporta.

Doy la vuelta justo antes de dejar el departamento. Cheddar está debajo de las manchas de luz de color que llegan de los vidrios rotos en el tragaluz.

Hacen que su cara se tambalee.

O tal vez es como se ve a través de las lágrimas.

Me subo al auto de Lenore y veo hacia el edificio.

Veo a Cheddar en la ventana.

Susurro:

—Adiós.

No les dije adiós a mi mamá o a mi papá. Nunca pude hacerlo. Estaban aquí y después ya no estaban.

¿Importa decir adiós?

¿De verdad termina algo?

No los abracé esa mañana cuando me fui a la escuela.

Por eso no quiero volver.

Puedo lidiar con los otros chicos y los maestros y con todo, pero no con la memoria.

No puedo estar en ese lugar porque cada vez que me permito pensar en mi último día ahí, me hago pedazos. Me aparto del mundo.

Vuelo en un millón de piezas.

Estoy preocupada por Quang-ha.

Sé que tiene mucha tarea esta semana. Espero que al menos intente hacerla.

Y luego está Dell. ¿Regresará a acumular cosas en sus armarios? ¿Volverá a mirar fijamente por la ventana esperando a que su vida comience?

¿Pattie seguirá trabajando tanto? Me consta que los vapores del barniz para uñas son malos para ella.

Ahora me doy cuenta de que me estoy preocupando por todos.

Es mejor que preocuparme por mí misma.

Éste es uno de los secretos que he aprendido en los últimos meses.

Cuando te preocupas por otras personas, le restas protagonismo a tu propio drama.

Capítulo 58

❧

Estoy en Jamison en un cuarto grande con otras cinco chicas.

Todas tenemos audiencia hoy. Cuatro están durmiendo. O al menos fingen hacerlo.

La quinta habla por celular.

Yo tengo mi computadora, y después de pedírsela tres veces, la mujer del mostrador me da la contraseña de internet.

Ninguna de ellas tiene una computadora. Me siento mal usando la mía, pero a las otras chicas no parece importarles.

Cada quien en este cuarto está en su propia burbuja de infelicidad, y no se comparten muchas cosas.

Lo agradezco.

Ya que tengo acceso a internet, decido echar un vistazo al sistema de Jamison.

El sistema está protegido, por supuesto, pero el control de acceso no es muy seguro.

No es una red muy sofisticada, porque veo la capa de transporte y la reconozco de inmediato como algo que ya he penetrado.

Creo que no muchos niños *hackers* terminan aquí.

Yo no soy una niña *hacker*, pero tengo potencial.

Entro de inmediato.

Voy a la cuenta de Lenore.

Cuando veo su correo electrónico, siento lástima por ella.

Parece tener demasiado trabajo. Hay correos de la corte juvenil, de escuelas, del departamento de policía.

Montañas.

Veo referencias a todo tipo de documentos médicos.

Hay reportes de abuso físico y conductas criminales.

Ahora me siento enferma.

De una nueva manera.

No debería de estar leyendo estas cosas.

Es muy personal y no es sobre mí, así que lo que estoy haciendo está mal.

Tengo los archivos de Dell en mi computadora.

Transferí todo cuando armé su laptop; pero nunca vi nada.

Ahora abro uno de los archivos, llamado SEDD. Y leo:

El Sistema de lo Extraño de Dell Duke

1 = INADAPTADO

2 = EXTRAÑO

3 = LOBO ESTEPARIO

4 = RARITO

5 = GENIO

6 = DICTADOR

7 = MUTANTE

Hay muchos nombres en la mayoría de las categorías.

Las reviso.

Quang-ha es un lobo estepario. Pattie es una dictadora. Mai es una dictadora junior.

Después veo que en MUTANTE sólo hay un nombre.

Dell Duke se enlistó a sí mismo.

Al principio estoy en choque.

Pero luego me doy cuenta de que sólo está tratando de comprender el mundo.

Busca una manera de categorizar las cosas.

Ve a las personas como especies distintas.

Por supuesto, está equivocado.

Todos somos todas esas cosas. Yo no soy un genio. Soy tan lobo estepario, o inadaptada, o rara, como cualquiera.

Cuando hicimos lo del jardín, era una dictadora.

Si de algo me he dado cuenta en los últimos meses, es que puedes encontrar etiquetas para las cosas vivas, pero no puedes poner a las personas en ningún tipo de grupo u orden.

No funciona así.

Cierro mi computadora, y dos minutos después llega una mujer para decirnos que la comida está servida.

No estoy hambrienta, pero sigo al grupo hasta el comedor.

No tienen mucho para vegetarianos, pero me las arreglo con una ensalada y algo de espinaca con una salsa de queso alarmantemente anaranjada.

Al menos creo que es salsa de queso.

Creo que es mejor no preguntar.

Todos los demás están comiendo hot-dogs.

Cuando terminamos nos traen a cada una un plato de helado con chispas de chocolate.

La chica que está a mi lado comienza a llorar cuando ve las chispas.

Me pregunto si está preocupada por los efectos colaterales a largo plazo de comer colorantes artificiales.

Es una preocupación válida.

Pero decido que no está llorando por eso, porque tiene una quemadura horrible en un brazo y la toca mientras llora.

La quemadura es del tamaño de una cereza.

Tengo el mal presentimiento de que alguien le hizo eso.

Tal vez por eso está aquí.

Cierro los ojos e intento imaginar que estoy de vuelta en el nuevo jardín.

Y antes de que me dé cuenta, mi plato de helado parece uno de sopa.

Y todas las chispas están hundidas.

Lenore llega a recogerme. Dice que le gusta cómo se ve mi pelo.

No ha cambiado desde que me recogió, así que tal vez sólo está intentando pensar en algo positivo para decirme.

Pero de todas formas sonrío.

Me doy cuenta de que es una sonrisa verdadera.

Voy a avanzar al mundo y hacer lo posible por ser la hija que mis padres hubieran querido que fuera.

No soy valiente, es sólo que todas las otras opciones se fueron por la ventana.

Lenore me lleva a ver a la asesora de duelo (cuyo nombre es Sra. Bode-Ernst).

En su oficina, me doy cuenta de que no tengo miedo.

```
Y A N O M Á S
A A
N   N
O     O
M       M
Á         Á
S           S
```

Exactamente siete letras.

Sólo una coincidencia.

Hasta hace poco tiempo, tenía mucho miedo.

Ahora siento que ya no hay de qué tener miedo.

Lenore dice:

—Hoy sólo es procedimiento. Verás al juez en privado. Quizás te pregunte un par de cosas. Hay que firmar algunos papeles.

La Sra. Bode-Ernst sonríe y entiendo que ella cree que son buenas noticias.

O tal vez sólo está sonriendo para animarme.

No comparto su optimismo.

La consejera dice:

—Los comienzos siempre son difíciles. Sé que has pasado por mucho. Vas a regresar a la escuela. Y harás todo tipo de nuevos amigos. Antes de que te des cuenta, vas a estar de nuevo en el carril correcto.

Pienso en decirle que mi experiencia en la escuela nunca fue muy grata y, además de Margaret Z. Buckle, nunca tuve amigos hasta que conocí a Mai y a Quang-ha y viví en los Jardines de Glenwood.

Pero no quiero inquietarla.

¿Cómo podría saber que nunca estuve en ese carril?

Lenore y yo regresamos a su auto.

Me explica que el juez tomará la responsabilidad legal sobre mí.

Espero que sea una mujer de color, que me vea y entienda que soy diferente, incluso Extraña (como Dell Duke averiguó), pero que tengo un alto valor.

Ahora todo depende de la corte.

Puedo ver que Lenore no se siente bien.

Pero nada de esto es su culpa.

Quiero que lo entienda.

Quiero decirle que lo siento. Pero sólo me acerco y toco su brazo.

Sólo con las puntas de mis dedos.

Después de eso, no tengo que decir nada. Se ve que entiende.

Voy al baño de mujeres en la corte.

Necesito unos minutos a solas.

El espejo no está hecho de cristal.

Es una película de poliéster hecha con aluminio estirado perfectamente sobre una tabla rectangular.

Así que no puedes romperlo.

Supongo que piensan que quienes terminan aquí no necesitan más mala suerte.

Abro la boca y miro.

Como mi piel es oscura, mis dientes se ven muy blancos. Están derechos y creo que son de buen tamaño.

Ya son dientes permanentes.

No hay cómo esconderlo.

Cierro los ojos.

Puedo ver a mi siempre sonriente madre y a mi fuerte padre.

Escucho su voz que emana de tantas maneras, desde que puedo acordarme, tratando de protegerme.

¿Estaban demasiado preocupados por mí como para cuidarse ellos mismos?

¿O es que la vida está tan llena de acciones azarosas que la precaución es algo inútil?

Si algo me han demostrado los últimos meses es que no necesito más teoría, sino más experiencia con la realidad.

Aunque la dosis que he recibido es suficiente para toda una vida.

Cuando vea al juez, trataré de transmitir una actitud positiva mientras reviso mi presión arterial y otros signos vitales.

Ha habido casos de cardiomiopatía inducida por estrés, lo que también se conoce como síndrome de los corazones rotos.

Capítulo 59

❦

Dell se estaba preparando.

Escogió una corbata roja y se puso su traje. Era la primera vez que le decía la verdad a su jefe sobre por qué no iría a trabajar.

Iba a la corte juvenil para estar ahí con una de las chicas a las que asesoró.

En lugar de sentirse como un perezoso, creyó escuchar algo de admiración en la voz de su supervisor.

O tal vez el tipo sólo estaba bostezando.

Cuando se subió los pantalones, se sorprendió al ver que podía abotonarlo.

La última vez que usó ese traje fue necesario un alfiler de seguridad para mantener los pantalones cerrados.

Esto era evidencia sólida de que había perdido peso. No el suficiente como para salir de su auto cuando estaba pegado a una camioneta, pero aun así, se sentía bien ver cómo su estómago retrocedía.

En el #28, Pattie buscaba qué ponerse y escogió una blusa blanca de seda con dos palomas bordadas.

Era de Vietnam.

Ya tenía puesta una falda negra que compró en una tienda de descuentos.

Y unas sandalias rojas.

Las palomas eran un símbolo del amor.

La falda negra, de respeto.

Y las zapatillas rojas eran de la suerte.

Quizás nadie entendería el simbolismo, pero si lo hacían, Pattie quería dar una buena impresión.

Al otro lado del pueblo, Mai se sentó en su clase de historia y miró por la ventana.

No era justo.

De todos, era ella quien debía estar ahí.

Ella comenzó todo esto.

El reloj en la pared detrás de la maestra no se había movido desde lo que parecía una eternidad.

La mujer hablaba y hablaba de la Roma antigua cuando a Mai le quedó claro que lo único que importaba en ese momento era la corte en el centro de Bakersfield.

Cuando sonó la campana, sabía una cosa con absoluta certeza.

〜

Mai le explicó a la mujer de la oficina principal que tenía una emergencia familiar.

Y usó uno de sus trucos. Comenzó a hablar en vietnamita. Muy rápido.

Eso desquiciaba a las personas.

Le dieron un pase para sacar a Quang-ha de biología (en donde de hecho estaba poniendo atención a un cortometraje sobre la mitosis).

Minutos después, los dos Nguyen estaban saliendo por la puerta de camino al centro.

Mai volteó hacia la escuela y vio una estampa en una de las ventanas.

Era un girasol. Bañado con la potente luz, brillaba como si estuviera hecho de oro.

Mai pensó que era una buena señal

Capítulo 60

꧁

La corte familiar tiene su propia área en el segundo piso del ayuntamiento.

Podría hacer un millón de preguntas sobre lo que va a suceder ahora, pero he decidido que voy a ir hacia donde me lleve el viento.

Y afuera hace mucho viento, así que quizás me lleve lejos.

Lenore conoce bien este lugar y mucha gente la saluda. Mantiene su mano sobre mi hombro, es una sensación agradable.

Dice que estará ahí si la necesito.

Me llevan a un área de espera.

No puede haber niños en la sala principal, y eso tiene sentido.

Veo a un niño que llega llorando. Es pequeño. Parece que tiene apenas seis o siete años.

Un hombre lo carga y susurra algo en su oído, pero él sigue llorando.

Me alegra no poder escuchar lo que le dicen.

⌒

Creo que esperar es la parte más difícil.

Pero no me importa, porque no tengo mucha prisa.

Lenore sale del cuarto y me doy cuenta de que podría escapar.

Podría salir por la puerta y no dejar de caminar.

Pero no lo hago. Y no sólo porque esté cansada.

He cedido.

Pero es diferente de rendirse.

Después de un rato, una mujer aparece y dice que puedo ver al juez.

No sé en dónde está Lenore y siento que debería esperarla.

Pero la mujer dice que Lenore está atendiendo un asunto inesperado.

Me encojo de hombros.

Creo que todo con lo que Lenore tiene que lidiar es inesperado.

Sigo a la mujer por el pasillo y entramos a la sala del juez.

Y ahí los veo.

Están parados.

Dell viste un traje que le queda muy apretado.

A su lado está Quang-ha.

Del otro lado está Pattie.

Del brazo de Pattie está Jairo. También trae puesto un traje y casi no lo reconozco.

Y al frente, con un ramo de tulipanes, está Mai.

Todos sonríen.

No digo nada. No me muevo. Estoy completamente quieta.

Sé muy bien cómo hacer eso.

Detrás del escritorio, una mujer se pone de pie. Tiene puesta lo que creo que es una toga de juez, pero parece un atuendo de coro. Ni siquiera parpadeo cuando dice:

—Willow, soy la juez Biederman. Creo que ya conoces a estas personas.

No sé qué hacer.

Me doy cuenta de que hay lágrimas corriendo por mis mejillas.

No sé qué significa todo esto.

La juez continúa:

—Hoy la corte recibió una petición formal para tu tutela. Fue hecha por el Sr. Jairo Hernández y la Sra. Dung Nguyen...

Pattie interrumpe a la juez:

—Pattie.

La juez Biederman continúa, pero no creo que mucha gente la interrumpa porque su nariz se arruga un poco.

—El Sr. Hernández y la Sra. *Pattie* Nguyen buscan la custodia compartida...

Después de eso no escucho nada.

No necesito hacerlo.

Sé que Lenore entra a la sala.

Y en algún momento su brazo está sobre mi hombro. Me hundo en una silla y entierro mi cara en mi sombrero rojo, y no estoy segura de si estoy llorando o riendo.

Escucho la voz de Mai:

—Todo va a estar bien. No llores, Willow.

Contesto en vietnamita:

—*Được hơn là bình thường.*

Lo que significa:

—Está más que bien.

Pattie y Jairo no se van a casar ni nada por el estilo.

Pero tienen algún tipo de relación, que me parece es más que de amigos.

Nos enteramos de que Pattie no ha estado trabajando hasta tarde.

Ella y Jairo han ido a cenar e incluso al cine un par de veces, y en una ocasión fueron a una lectura de poesía en la Universidad de Bakersfield.

Todos tenemos la misma expresión en el rostro cuando escuchamos estas noticias.

Quang-ha (por supuesto) es quien dice:

—¿Lectura de poesía? Deben estar bromeando.

Dell también quería solicitar la tutela, pero está en bancarrota —aunque yo puse sus cuentas en autopago para ayudar a enderezar un poco sus finanzas—, así que no califica.

Jairo tiene algo de dinero en su cuenta (por el premio), pero el verdadero descubrimiento es que Pattie también es una acumuladora.

Mientras Dell pasó años juntando platos de plástico, Pattie juntó *dinero*.

Lo hizo a escondidas de todos, pero ahora que la corte debe revisar todos sus documentos financieros, tiene que admitir que tiene, como dice Quang-ha, "una cantidad enloquecida".

Se supone que no debería ver nada de esto, pero Pattie y Jairo no siguieron ninguno de los procedimientos, y eso significa que Lenore debe traer toda la documentación mientras yo estoy en la sala.

La juez Biederman dice que hará caso omiso, por ahora, de toda la cinta roja.

Veo que a Pattie le gusta la idea de la cinta roja.

Obviamente porque le gusta ese color.

Nunca había visto cinta roja. Para empacar hay negra y por supuesto café. Y plateada.

Hago una nota mental para investigar esta referencia más tarde.

Lenore firma su parte en el proceso de aprobación, pero dice que Pattie y Jairo deben volver y hacer bien las cosas.

Pero lo importante es que hoy se les otorga, en conjunto, la tutela, que está camino de ser permanente, de una persona llamada Willow Chance.

Ahora es legal.

Una vez que la juez dice esto, de manera oficial, Dell arma un espectáculo tirándose al suelo como si hiciera un split.

Se supone que es algún tipo de baile de la victoria.

Pero rompe sus pantalones justo en la ingle, lo que no sólo es muy vergonzoso para él, sino que hace que Quang-ha empiece a reírse.

Es una risita aguda.

Y cuando sucede, comienza a contagiar.

Y ahora soy parte de eso.

Puedo ver en el rostro retorcido de la juez que es hora de irnos.

Estamos afuera cuando Mai me da un fuerte abrazo.

Después Quang-ha pasa su brazo por mi hombro y sé que va a decir algo importante.

Baja la voz y escucho:

—Tengo que entregar un ensayo el miércoles sobre *Moby Dick*, espero que te dé tiempo de leerlo.

Cuando llegamos al taxi de Jairo nos sentamos tres adelante y tres atrás.

No parece muy adecuado, pero hay cinturones de seguridad para todos.

Decidimos ir a Luigi's ya que es el restaurante favorito de Dell y es el más emocionado por comer.

Como frijoles sacco, que son frijoles pintos marinados en aceite y vinagre y pimiento rojo molido.

Todos los demás piden sándwiches de lengua picante.

Yo no como carne. Y algo como la lengua está en un nivel muy por encima de lo que nunca querría masticar.

Pero sólo sonrío cuando todos me ofrecen una mordida.

Capítulo 61

~~✦~~

Vamos **en el** taxi, de regreso, cuando Pattie hace una gran revelación.

Quiere comprar el edificio.

Los Jardines de Glenwood.

Todos pensamos que está bromeando, pero al parecer ya hizo una oferta formal en el banco.

No sé qué pensar, pero Dell parece emocionado.

Creo que él piensa que si ella es la dueña nunca lo va a correr.

Pero dudo que siga siendo el representante del edificio.

Quang-ha es el más emocionado con estas noticias.

Supongo que aún le preocupa volver a la cochera.

Dice que si su mamá es dueña del lugar, deberíamos construir una rampa para patinetas en la entrada, donde están las escaleras.

No sabía que patinaba.

Interesante.

Pattie dice que nada es seguro todavía.

Es la declaración más verdadera que he escuchado en mi vida.

Por la tarde, cuando ya todo está más tranquilo, me quito mi atuendo de jardinera y salgo a correr.

Luego me siento junto al bambú en el patio.

Sé que pensaré en este día muchas veces.

Después me doy cuenta de que es el día 7 del mes. Y no me sorprende.

El 7 es un número natural.

Y es un número primo.

Hay 7 tipos básicos de catástrofes.

Y 7 días de la semana.

Isaac Newton identífico los 7 colores del arcoíris como:

Violeta

Índigo

Azul

Verde

Amarillo

Anaranjado

Rojo

Dell hizo 7 categorías de personas:

Inadaptado

Extraño

Lobo estepario

Rarito

Genio

Dictador

Mutante

Yo tengo mi propio sistema.

Creo que en cada etapa de la vida, hay 7 personas que importan en tu mundo.

Son personas que viven dentro de ti.

Son personas en las que confías.

Son personas que todos los días te cambian la vida.

Para mí, cuento:

1. Mi mamá (por siempre)

2. y mi papá (para siempre)

3. Mai

4. Dell

5. Quang-ha

6. Pattie

7. Jairo

Decido que cuando mi cabeza comience a golpetear, cerraré los ojos y contaré *hasta* 7, en lugar *de* 7 *en* 7.

Veo a cada una de estas personas como los colores del arcoíris.

Vívidas y sobresalientes.

Y tienen un lugar permanente en mi corazón

Si el constructor hubiera tenido más dinero, esta área probablemente sería una alberca.

Pero no lo es.

Es un jardín.

Cambio de posición y siento algo en mi bolsillo.

Es mi bellota de la suerte.

Me levanto y elijo un punto en el lado donde sé que hay espacio para que crezca algo grande. Pongo mi dedo sobre la tierra para hacer un agujero y dejo caer la bellota.

Regreso a las escaleras, y mientras estoy ahí sentada sobre una rebanada de luz invernal, dos pájaros pequeños encuentran un lugar en la madreselva al lado del bambú.

Hablan conmigo, no con palabras, sino con acciones.

Me dicen que la vida sigue.

Agradecimientos

Quiero agradecer a Jennifer Bailey Hunt y a Lauri Hornik, mis editoras. Ellas hicieron este libro. Muchas veces intenté renunciar, pero ellas no me dejaron. Mi entera gratitud para ustedes.

Tuve dos agentes mientras escribía este libro. Ken Wright y Amy Berkower. Todo el mundo debería de contar con el apoyo que estas dos personas le dan a sus autores.

Tuve muchos grandes maestros, pero 7 cambiaron absolutamente mi vida. Sharon Wetterling (Primaria Condon, Eugene, Oregon), Harriet Wilson (Preparatoria del Sur de Eugene), Arnie Laferty (Secundaria Roosevelt, Eugene, Oregon), Ray Scofield (Secundaria Roosevelt), Wayne Thompson (Secundaria Roosevelt), Dorothy Iz (Universidad Robert, Estambul, Turquía) y Addie Holsing (Secundaria Willard, Berkeley, California). Gracias por dar tanto de ustedes a los chicos.

Tengo muchos amigos escritores. Más de 7. Mis amigos escritores (además de mi esposo) que me inspiran todos los días son Evgenia Citkowitz, Maria Semple, Aaron Hartzler, Lucy Gray, Mart Crowley, Gayle Forman, Charlie Hauck, Henry Murray, Allan Burns, Nadine Schiff, Elaine Pope, Henry Louis Gates, Diane English, Nancy Meyers, Bill Rosen, Stephen Godchaux, Ry Cooder, David Thomson, Amy Holden Jones y John Corey Whaley.

Mi madre, Robin Montgomery, siempre está conmigo en todo lo que intento. Y le agradezco toda su agudeza, sabiduría y humor. Tengo la fortuna de haber tenido otras 7 mamás al crecer, así que a mi lista de agradecimientos de madres agrego a Bertie Weiss, Ann Kleinsasser, Risha Meledandri, Jane Moshofsky, Donna Addison, Mary Rozaire y Connie Herlihy.

Agradezco a Thu Le y Minh Nguyen por ayudarme con el idioma vietnamita.

Y finalmente a las 7 personas que están presentes todos los días de tantas maneras: Farley Zieger, Tim Goldberg, Randy Goldberg, Anne Herlihy, Max Sloan y Calvin Sloan.

Y Gary Rosen.

Te adoro (7 letras).